"十四五"国家重点图书出版规划项目

·文学名家对话录·

何向阳　主编

与火对望

王火　蒋蓝　崔耕　著

河北出版传媒集团

花山文艺出版社

河北·石家庄

图书在版编目（CIP）数据

与火对望 / 王火，蒋蓝，崔耕著. -- 石家庄：花山文艺出版社，2025.5. --（文学名家对话录 / 何向阳主编）. -- ISBN 978-7-5511-7768-9

Ⅰ．I267

中国国家版本馆CIP数据核字第20257VC003号

丛 书 名：文学名家对话录
主 　 编：何向阳
书 　 名：与火对望
　　　　　YU HUO DUI WANG
著 　 者：王 火 蒋 蓝 崔 耕
选题策划：郝建国　　王玉晓
责任编辑：李倩迪　　牟杨珬玥
责任校对：李 伟
装帧设计：王汉军
美术编辑：陈 淼
出版发行：花山文艺出版社（邮政编码：050061）
　　　　　（河北省石家庄市友谊北大街330号）
销售热线：0311-88643299 / 96 / 17
印 　 刷：河北新华第一印刷有限责任公司
经 　 销：新华书店
开 　 本：880 mm×1230 mm　1/32
印 　 张：8.5
字 　 数：138千字
版 　 次：2025年5月第1版
印 　 次：2025年5月第1次印刷
书 　 号：ISBN 978-7-5511-7768-9
定 　 价：69.00元

（版权所有　翻印必究·印装有误　负责调换）

2013年，王火在家中书房

20世纪60年代，王火、凌起凤夫妇和女儿王凌

1953年冬，王火与妻子在北京香山留影

1985年左右，王火（左）、塞先艾（中）与艾芜（右）在成都

1984年左右,王火在海南参加笔会

2014年1月11日下午,王火与蒋蓝在四川省新闻出版局宿舍大院门前

2022年,王火与蒋蓝在家中聊文学

2022年,王火在四川文艺出版社

2022年7月，王火与蒋蓝在四川文艺出版社

2022年7月，中国作家协会向王火百年华诞表示祝贺，并委托四川省作协党组书记侯志明前往慰问

王火家的客厅里,一直摆放着妻子凌起凤的照片

蒋蓝采访王火

马识途(右)书赠王火(左)

资料书堆旁的王火

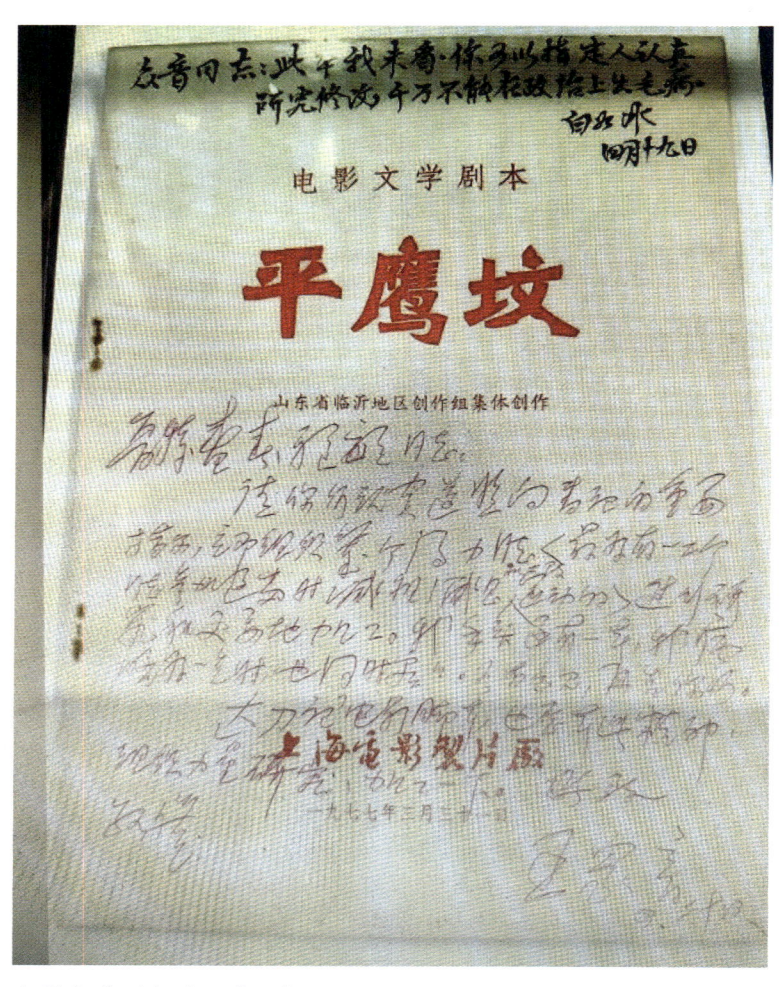

电影文学剧本《平鹰坟》

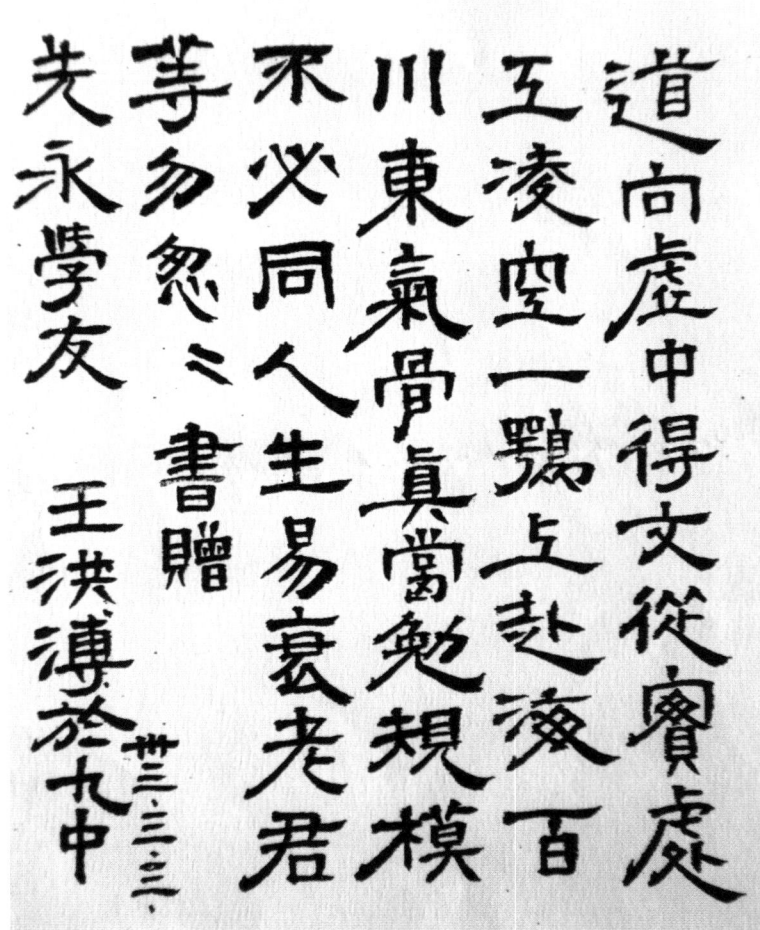

道向虛中得文從實處工凌空一蹴便百川東氣骨真當勉規模不必同人生易衰老君等勿忽々 書贈先永學友 王洪溥於九中 卅三·三·三·

王火早年的书法

《战争和人》的不同版本

总序

冰山下的故事终会——呈现

何向阳

策划主编这套"文学名家对话录"丛书的想法已有些年月了,起初的设想更开阔一些,包括艺术家在内,后来缩小到了文学界。原先起了很多名字,比如"大家对话录"、"常青藤"对话丛书,但随着时间流逝都一一作罢,固定成了现在的样子。

为什么要主编这样一套对话录?让我回到自己的初衷。

我一直有一个想法。首先是对人的兴趣。文学是人学。文学是写人的,但文学同时也是人写的,作为研究者,我们一方面对作家写出的人物感兴趣,同时,我们对写出了人的"这个人"——作家感兴趣。我读研究生时的专业方向是创作心理学，作家创作心理一直是我关注的对象。作家作为创造者个人，他是一个怎样的人？这当然是我们研究他的文学的深度所在。然而，我们的文学研究，长期以来，似乎对于文本的兴趣大于对于人的兴趣。这就好比绕道而行，不走捷径。通过文本，我们认识他，而不是通过人本身，我们懂得他。这种研究，一直是我的迷惑所在，当我们没有机会认识一个活生生的人，而只是通过他的作品去二手地认识他时，我们所能做的是通过一系列已有的文字去了解那个旧有的纸上的他，但是，当我们能够面对面地与之切磋，我们能够与之处于同一时代，这个人就活生生地站在你面前时，你还只满足或止步于在一片浩瀚的文字中寻找他的呼吸吗？你还只感兴趣于他写下的只言片语吗？这样，我们是不是会错过一些更重要的东西，比之文学而言，他个体的生命、人生的选择，是不是更应该引起我们的关注与瞩目？！

当代文学，之所以是当代，一个非常重要的原因，也是一个难得的缘分，是批评家与作家置身于同时代，他们的同声相和的关系，使得彼此的观察与研究，处在一个更为直观和感性的层面。这个层面，我以为，随着时间的迁移，较之理性诠释的层面，也许更客观。而这种客观，放在时间的链条上，愈往后来，便会愈显出它的珍贵。

动议起始于一种观念。正像作家需要他的生活，他称之为第一手材料的那种热气腾腾的生活，他热爱它，他寻找它，那么，批评家为什么只满足于第二手材料呢？他难道不该从故纸堆中立身而起，去敲响作家的门，和他说，来，我们来谈一谈文学，这里面，有您的人生，同时也有我的选择，我们的时代。

收入这些"对话录"中的人，是那些可贵的敲门人，也是认真的回应者，门里门外的人，不再有门的阻隔。

但为什么要这么做？这么做的意义是什么？

我的回答是，因为有许多值得去深入探索的东西，这些东西，是我们只从已知的作家给予我们的虚构作品中找不到的。在这方面，我认同于海明威的"冰山理论"。一个人的写作只呈现他的自我的一小部分，如果以冰山比喻的话，我们看到的只是露出水面的八分之一部分，更多的部分，那八分之七仍然埋藏于海平面以下。然而对于一个作家来说，正是这隐匿于海平面之下的部分才是一直支撑了他的海平面上可见的巍峨的冰山形态的部分。这更多的部分，弥足珍贵，它隐藏着一个作家创作的全部秘密。说是他写作的动机，也不为过分。而这一部分，我们很少知晓，长期以来自信自足的批评家的主观臆断或多或少地阻隔了抵达它的通道。

那是一个更大的空间。

那是一个作家的人生更为全整的部分。

那是一个时代成就一个作家的奥秘所在。

如果文学之于一个作家而言，是我们可以通过阅读而习得他艺术的表层的部分，那么，对于批评家而言，可能对于一个作家想要了解得更多，而这更多的部分，这在虚构作品之外的部分，包括信仰、信念、情感、情绪、行为、感受、渴望、欲望种种，那些不可见的部分，才是成就一个作家的目前定型于我们的文学面貌的关键。

我曾在不同的纸上列出过一系列的名字，中国当代作家的文化人格呈现出的丰富复杂而斑斓多元的部分，是我向往探究的对象，他们就是我们漫长而璀璨的中华文化的一部分，而且是最精华的部分。"灵魂工程师的灵魂"，是多么丰富的宝藏，它们却一直封存于深山。限于时空与精力，这项巨大的开采工作不可能由我一人独立完成。主编一套书的想法就这样来到心间，对于我这样的人来说，只要来到心间的想法，是一定要通过实践去变成现实的。那些名字曾经秘而不宣，在一张张纸上，被写下来，先是五位，十位，后有二十位。因为时间的拖延，名单上有些人已然逝去，我不时对着名单发呆，后悔不迭，心中默念，时间，再给他们一些时间，让他们的故事能够继续活下去。但，还是着手太晚了。有的已经是百岁左右的老人了，他们没有等到，他们的对话活在了我的念想里。我曾经不止一次向朋友表达着追力不足的遗憾。今天，令我欣慰的是，这项工作终于开始，还有一些超过百岁的老人，他们等到了他们的对话者。冰山下的故事终会一一呈现。

就阅读而言，我非常看重一本书的第一手资料感，就是最原始的、未经删减的、原汁原味的甚至是冒着热气的那种可能还略显粗砺的文本。可能是长期做学术的习惯，我始终认为，这是一个真实的起点，虽然现在已经不大可能做到绝对纯粹原生态的一手资料了，但是作为一种方法，一种介入并深入作家作品与人格内部的方法，我一直认为，相对于后期对一堆资料的剪裁修补和研究阐释而言，那最初的言谈，两个人或更多人之间的对话不仅松弛，而且可信。这也许是文学研究应该向社会学借鉴的部分。一种社会学的方法可以抵达我们主观也许不能抵达的层面。

  一种对话文体，好过许多个体太过主观的为文。当然，文学不可能不是主观的呈现，但，对话标识着一种开放，并以对话的自由而使这种开放加以真实地呈现，对话更是一种平等，两方相对而坐，你来我往，坦诚相见，使批评更成为批评，而不是自说自话，也不会有因某方的不在场而成就某种智力炫技的可能。你和我，面对面。我们同样享有讲话、反驳、论辩的权利，我们相互尊重，围绕某一话题展开探讨辩论，不在于谁说服谁，也不会有话语权掌控者的狰狞面目出现，一切问题摆开来，谈下去，让谈话呈现一切，思想的，情感的，人性的，文学的，世界的。这是我长久以来的一个理想，作家之间，批评家作家之间，他们面对面，一场朋友式的对话如同弈棋手谈，对话必然呈现出他们之间视角的不同，他们方法的差异，他们思想的锐利，当然还有他们彼此的善意、相互的体恤。

　　这样的初衷，与《论语》有关。这里向这部伟大作品致以敬意。曾经有人问我，如果去一个孤岛只能带三本书，你带哪三本？《论语》是我要带的三本书之一，它只有不足两万字，但的确写尽了人的信仰、信念、情感、情绪、行为、感受、渴望、欲望以及规避种种，那里有"乌托邦"式的理想，有从成人到君子人格的设计，言简意赅，包罗万象。虽然人们普遍认为它是一部语录体的著作，但对话在其中仍占有大多部分，孔子与弟子间的无间讨论，让人即便是今天仍能领受到公元前5世纪至前4世纪之间的人与人之间的诚意。

　　《论语》之外，还有一部书，令人肃然。在《论语》之后，公元前387年至前347年间诞生的《柏拉图对话录》。这部对话录所涉内容甚广，是作为学生的柏拉图记述他的老师苏格拉底为主要发言者的对话，其中最让我难忘的是《斐多》中通过对话呈现出的苏格拉底，一个哲学家就在他被判死亡的当天，就在死亡之前的几个小时，还在与他的门徒讲述正义与不朽、信念与智慧、肉体与灵魂，"绝对的公正"、"绝对的美，绝对的善"，他侃侃而谈的沉静令我抚读震惊。我读的版本是1999年杨绛先生的译文，"灵魂在我们出生以前已经存在了"，"一切生命都是从死亡里出生的"，"灵魂是不朽的，我们该爱护它，不仅今生今世该爱护，永生永世都该爱护"，当读到这些也许今天人们会觉得是过于形而上的语句时，我竟要流出眼泪，苏格拉底正如他自己所说，"真正的哲学家一直在练习死"，他的确也给出了他自己的练习答案，如那天鹅死前的"引吭高歌"，是的，他自觉"一丝一毫也不输天鹅"！那最后时刻的从容不惧，也令我想到孔子的一切。两位哲人，孔子生活于公元前551年至前479年，苏格拉底生活于公元前469年至前399年，《论语》《柏拉图对话录》堪称人类哲学与文学的瑰宝。但是如果没有孔子、苏格拉底的弟子与门徒，我们又怎么去知晓孔子与苏格拉底的思想深奥呢？

感谢对话的存在。这套书致敬人类的源头思想及其承载形式。

我仍记得那年夏天在一棵大核桃树下，与出版家郝建国先生谈及这套书设想时的情景，正午的阳光从宽畅的叶片缝隙落在砖石的地面，而更多的阳光将核桃树叶映照得碧绿透亮。我想，那是我们理想的颜色。

　　感谢花山文艺出版社的眼光，感谢"十四五"国家重点图书出版规划项目的评委，感谢一起具体做着这项工作的友人们，因有你们的参与，未来会与今天有所不同，明天，更胜于今天。

高山仰止，笑谈华章盈满袖
—— 一则采访手记

蒋 蓝

  2013年4月初的一个上午，成都城浮起了一层特有的薄雾，尽管春阳高照，光线却有些发白，葱绿的植被蒙上了一层梦田似的水灵灵的反照。遵王火老师嘱，我准时来到位于成都市大石西路36号的四川省新闻出版局宿舍大院。这还是二十多年前，四川省新闻出版局看中了位于城西浣花溪地界的这片人文荟萃之地，建造的职工宿舍，时任四川文艺出版社首任社长兼总编辑的王火就居住于此，他自称"浣花居士"。

  估计听到我上楼的脚步声，鹤发童颜、精神矍铄的王老已打开房门，来迎接我了……这样的礼数，让我心头一暖。

年逾九旬的王老，穿一件柔软的牛仔布衬衣。他记忆力极好，说话不徐不疾，几乎没有口误，具有一种知识人特有的静气与条理。我来到阳台改造而成的书房里，他已为我泡好一杯香茶，并端来一盘进口巧克力，我血糖高，但还是吃了一颗，王老欣然一笑……圆球形的巧克力，就此成了我来王老家采访的一种特殊"待遇"。后来我才知道，这巧克力是王老小女儿王亮从英国寄回来的。我问及写作，他坦言，时年八十八岁的妻子凌起凤于 2011 年 7 月 1 日在成都去世后，他就独自生活了，仅由大女儿王凌照顾一下饮食起居。他始终觉得妻子没有离开，没有离开这个家。

我问王老："王凌的名字肯定有来历吧？"

他沉吟道："王凌这个名字，取自我与妻子凌起凤的姓，浸润了父母对女儿最深沉的爱意。"

他突然发问："我在《四川文学》上读到一篇写太平天国翼王石达开在四川的非虚构长文，作者叫蒋蓝，与你是同一个人吗？"

我答："正是鄙人。"

王老张开手臂，拥抱我："看来，新闻与文学，让我们结缘了!"

我浑身涌起了一股大热。

环顾四周,王老的家,其实就是一个书房,他命名为"楠斋"。它朴素简单,书籍、报刊四处堆放着,并不算多。但各个出版机构和作家朋友常常会寄书来,他也乐于此事,寄来的书总要亲自拆开。女儿王凌对我讲:"书塞满了家里每一个角落,都已经书满为患了!"除了寄来的书,王老还一直在买书,王凌隔几天就要回家去收他的快递包裹——都是书。即便不再写作了,王老还在坚持阅读,读书不止、买书不止。除了给书架上货,他也会给书架做减法——捐书、赠书。那是在2014年年初,王老将自己的手稿、信札、字画、著作等四千多件珍贵文献资料,陆续捐赠给中国现代文学馆收藏,用于建立"王火文库"。

我听见客厅有娃娃的笑声,他反应极快:"这是我孙子的小孩,我的第四代。"

我看到书案上摆放着王老妻子的照片,他时常擦拭相框,一尘不染。凌起凤又名凌庶华,是辛亥革命元老凌铁庵之女,曾任于右任先生的秘书,后来从台湾辗转回到大陆,与王老有情人终成眷属。王老巨著《战争和人》的成功不能忽略凌起凤的重要作用。

　　王老知道我今天的来意，他将自己所有不同版本的著作早早就清理出来了，有近百种，在客厅中间摆开了一个"著作方阵"。他不像是一个检阅者，倒更像一位书籍的勤务员。他蹲下来为我逐一介绍《战争和人》的七八个不同版本与在开滦煤矿采访英雄节振国的往事，他的额头冒汗，他的眼睛里跳跃着一脉远火……我心头一阵感动。这不但是我十几年新闻采访经历里第一次置身"著作方阵"，而且可见这位年逾米寿的作家字里行间跳动的毕生心血。

　　在家里为数不多的藏品里，有一块铭牌他十分看重。1995年，在纪念中国抗日战争和世界反法西斯战争胜利五十周年时，中国作家协会向包括王老在内的三百三十七名参加抗日战争老作家颁发纪念铭牌，上面镌刻有八个大字："以笔为枪，投身抗战。"王老在《月落乌啼霜满天》（《战争和人》第一部）卷首写下了一句话："有时候，一个人或一家人的一生，可以清楚而有力地说明一个时代。"他的抗战经历与革命生涯，恰恰是这个时代最宝贵、永不过时的精神财富。

王老自言没有什么爱好，平素也不注意锻炼。他偶尔看看电视，这一看就有些上火："这些播放的'抗日神剧'里，一颗子弹发出去，一把刀砍下去，鬼子就立即毙命……打仗真有这么容易吗？日本军人其实狡猾得很，我军战士也对抗得十分辛苦。要是年轻人光看这些，根本无法了解真实的历史！"他忧心的是，抗战的艰苦卓绝会不会被一些影视文化所消解？而他力所能及的，就是写出他所知道的真相。他一再强调："不可忘记历史，首先要了解历史。"

临近下午1点了，他抱歉地说："本该请您吃顿饭的，但我多年来个人生活习惯了，请见谅。"他把我送到小区门口，与我拥抱。

这是我首次采访王火老师。

我注意到，在两个多小时的谈话里，他没有喝过一口水，倒是不断起身为我续茶。此后，在2015年、2016年、2018年、2019年，我以《成都日报》高端访谈记者的身份分别采访过他四次，每次采访持续两到三个小时，采访的主题每次各有侧重：经历、求学、阅读、新闻生涯、图书编辑、纪实写作、小说、散文……我记录了数万字笔记,并予以录音。其间我们还一起参加了两次重要文学活动。尤其是2017年年初,我的散文集《豹典》获得成都文学院的特等文学创作扶持。市文联希望邀请一位德高望重的前辈参会,给大家"鼓鼓劲、点一把火",我就试着去邀请王火老师,他立即同意了。记得是1月11日,一个飘着雨雪的下午,我开车去接他。他穿得较为单薄,没戴帽子,没戴手套,但他身体挺拔,精神抖擞。上车后他才问我:"是去哪里呢?"来到武担山侧的新华宾馆成都文学院优秀作品公布仪式会场,面对数百位文学中人,王火老师微笑着向大家拜年。我发现,他并不习惯当众讲话,尤其不习惯手持话筒侃侃而谈。所以啊,那些忽远忽近的声音,那些或清晰或模糊的话语回荡在大厅里,但人们清楚地听到了一个前辈的殷殷嘱咐与美好祝愿。王火老师说,成都文学院所发放的优秀作品扶持金是不分地域,不分性别,不分题材的。他说,此举让文学回到文学,让写作回到文学,让尊严回到文学。讲完,九十三岁的他就悄然离场。

  王火老师在寒冷的季候,点燃了一把熊熊火焰。这是我唯一一次亲耳听到王火老师的当众讲话。而且，他讲了半个小时。

我送王老回家途中，他讲述了这样一番话："事情都是有两面性的。在大的时代背景下，我的一生确实充满变动，尝遍各种滋味。时代潮流与个人际遇共同推动的丰富经历是我一笔宝贵的财富，可以让我更加深刻地感受社会、思考生活。岁月像流水，在流动的过程中，会遇到阻力，但是流水不会停止，它会另外找一条道路，继续前行。而且，遇到阻力的水流，往往更能迸溅出美丽的水花，具有平常所没有的动人之至……"

2014年年底的一天，王火老师打电话叫我去一趟。他交给我几页手写稿件，这是他为我的长篇非虚构作品《一个晚清提督的踪迹史》所写的三千字评论《精彩独特的文学踪迹史》。他谦逊地说："我写得不好，但已尽力了。这极可能是我写的最后一篇文章。手稿送给你，算是我们友情的见证……"我忙说："手稿复印后，原件我给您送回来！"他说："不必了，做个纪念吧！"王老的文章很快在《人民日报》发表，并引起了广泛关注。

在我采访他的过程里，有意思的一个插曲是：第二次采访期间，我给他送上新作《一个晚清提督的踪迹史》。我谈到了没有石达开照片的遗憾，他怔了一下："我看到过！"转身就打开书柜，翻找出一个大夹本，抽出一张《华西都市报》："你看看！"

我一看，啊，是我在报纸上连载《一个晚清提督的踪迹史》里的一章，恰好是石达开在成都科甲巷四川臬台监狱遭受凌迟的那一章。报纸编辑插入了一张晚晴时节的凌迟插图，虽然与石达开无关，但王老对这一题材的持续关注，让我内心热流滚滚……

在五次的访谈中，王老毫无保留地向我谈起了他的出生，多重性写作，在抗战中的读书经历，婚恋，从事的新闻事业、图书出版以及他的理想之光。这位备受文坛尊敬的巨匠，一生历经坎坷，精神始终如火焰般炽烈，个人气质又如水般柔和。每次与他晤面，我都有如沐春风之感。

因为心脏病不时发作，从2018年开始，王老每年秋季住进医院，长达半年。每到春节前夕，我们仍然相互问候。他对文学的关注、对后辈的奖掖从未减弱。

记得一次我问他:"为什么您从不签名售书?"

他顿了一下,眼向窗外:"经历了很多事,我毕生有两个坚持,一是不签名售书,二是不作报告。想起周克芹说过的话,一个作家就是要'背对文坛,面向生活'。希望我们的作家扎根生活,写出不辜负时代与人民的好作品。我将学习视为我这一生最宝贵的财富。"

习惯慵懒生活的人,总是为琐事的牵扯而拐进僻巷,最后往往误入歧途,但他们偏偏认为这是重视生活细节的品性。目标远大者朝向理想而高视阔步,但理想不是生活目标。一个不能分辨务虚的思想与落地的渐进关系的人,其实比那些习惯慵懒生活的人更容易走偏,更容易到生命的最后,才猛然发现自己原来是在三寸薄土之上勤苦劳作了一生。他们对着一根木头奋力施肥浇水,皓首穷经之际,才发现木头没有长成大树,倒是长出了很多菌子。在王火老师的一生际遇里,我们可以看到一条让务虚与务实、个体与家国、工作与生活、爱情与事业达成和解的道路,如雨在云,如春在花,如盐在水,如光在火。

名字是火,气质如水。但,他不是"微暗之火"。

诗人泰戈尔有一首短诗:"如果黑暗中你看不清方向 / 就请拆下你的肋骨 / 点亮作火把 / 照亮你前行的路……" 如果说"拆下肋骨作火把"是思想家顾准的"专名",那么,理想之光、希望之火,成了照耀王火老师一生的光源。王火老师之"火",源于高尔基笔下的勇士丹柯,恰是当代汉语文学一盏跨世纪的远灯。

2025 年 2 月 15 日于成都

目 录

001_ 第一章 春花与硝烟相伴的成长史

093_ 第二章 家事国事天下事

125_ 第三章 当编辑那些年

144_ 第四章 乐于在大寂寞中耕耘

178_ 第五章 小说的无穷魅力

208_ 第六章 王火与纪实写作

228_ 后记

第一章 春花与硝烟相伴的成长史

"孤岛"岁月

蒋蓝：2015年5月初，《文艺报》以一个整版推出了您的《抗战三地回忆录》，这在您百万言的回忆录里，不过是大海之一勺。我们知道，您最初的职业理想其实并不是作家，而是当一名战地记者。

王火：20世纪二三十年代，我父亲王开疆在政界、商界、教育界奔波，并在上海、南京等地置办住宅，我就出生在上海。记得小时候我家住在上海小东门裕福里，邻居都是上海滩的名人，比如著名学者章太炎，中国流行音乐奠基人、音乐家黎锦晖。而且黎锦晖还是我哥哥的干爹……

记得六七岁时,内战还很激烈,上海也受到波及。那时候幼年的我经常在街头看到很多穿着军装的士兵,拿着刀列队在街头走过,唱着"打倒列强,打倒列强,除军阀"的歌,非常威武。我心里非常羡慕,很想长大后做军人,勇敢地像英雄般的在沙场勇猛杀敌。后来由于阅读了《金银岛》《人猿泰山》《瑞士家庭鲁滨孙》等许多小说、故事,并观看一些电影,就又想做一个航海家,日夜航行在惊涛骇浪的海上;想做一个探险家,去遮天蔽日的非洲丛林中找到大象的群葬场或太阳神的庙宇……再后来,我去了重庆江津投靠在县城当律师的堂哥王洪江,考入国立九中高一分校读书……开始逐渐意识到,读书、写作也可以报国啊!

蒋蓝:王老师,您最初在哪里开始上学读书的?

王火:1937年之前,我进入了位于南京城南的卢妃巷小学念书。

蒋蓝:我查阅过当地史料,相传在明朝洪武年间,朱元璋的第九个嫔妃卢氏曾居住于此,故而当时巷子被命名为"美人巷""卢妃巷"。民国十年,陆自衡先生在此创立南京女子专科师范学校。

王火：唉！发蒙的岁月与今天相隔一个甲子多的时光了，很像是飞舞在阳光下的七彩肥皂泡。虽然时间久远，但依然给我留下了很深的、色彩斑斓的印象。我记得一名姓张的年轻老师，浓眉大眼、个子高挑……

蒋蓝：这位让您保持了数十年印象的张老师，一定与您有一番故事，不然您就不会有如此深刻的印象……

王火：那时候张老师教我们的自然课。记得有一天，他带领同学们探索太阳的光谱奥秘。我们在阳光下吹起了五彩斑斓的肥皂泡，这些泡泡在空中轻盈而舞，映照出太阳的七色光芒：红、橙、黄、绿、青、蓝、紫。我们的欢笑声此起彼伏，大家对这神奇的自然现象感到无比兴奋。然而，一阵突如其来的大风打乱了这美妙的一切。刚刚吹出的肥皂泡被风卷走了，纷纷破裂，发出"啪啪"的细弱之声。一些学生失望地叫喊："没法吹了！""一吹出来就破了……"但张老师却鼓励大家："不要怕风大，继续吹！无论遇到什么困难，都不要放弃！"那一天，大家在泡泡的环绕下欢快地跳跃，仿佛置身于一个梦幻般的神话世界。这一幕深深地印在了我的心中。

遗憾的是，不久之后，张老师不再出现在课堂上了。听说他被宪兵带走了。那时我们还小，甚至记不得张老师的名字，但我心中充满了疑惑：这么好的老师，为什么会遭遇这样的不幸呢？

蒋蓝：后来呢？您还见过他吗？

王火：我不知道后来我见到的是不是他。但我直觉就是，应该不会错！

后来我去了南京大石桥边儿上的国立中央大学实验学校读书。这所学校是国立中央大学的重要组成部分，包含幼儿园、小学、初中和高中四部，其中初中部和高中部简称为"中大实中"。1923年，南京高等师范学校并入国立东南大学，其附属中学同时改名为国立东南大学附属中学。1928年设立中央大学区立实验学校，1929年改名为国立中央大学实验学校。

蒋蓝：资料显示，1937年8月26日，中央大学实验学校遭到侵华日军飞机轰炸，原校址变成一片废墟，国立中央大学校长罗家伦与中大实校主任许恪士商讨后，决定举校迁往安徽屯溪，开始了抗战时期中大实校的迁移。1937年9月前后，师生们到达安徽屯溪。随着抗战战场的深入，安徽屯溪变得发岌可危，中大实校又开始继续迁移，并于12月到达长沙岳麓山。此后，中大实校派人到贵阳考察，选址于贵阳马鞍山筑校办学。1946年，国立中央大学师范学院附属中学及其分校迁回南京，校址定于三牌楼，校名定为国立中央大学师范学院附属中学。1949年8月改称国立南京大学附属中学。

王火：距离中大实中不远的大石桥，那地方可有名了，因为有创建于清光绪三十一年（1905年）的江苏第一监狱，民间俗称"老虎桥监狱"，也叫"模范监狱"，中大实中就在它对面。那个所谓的"模范监狱"是个关押政治犯的地方。那监狱啊，围着土红色的墙，高高的，怕犯人跑了。四面都是深不见底的大水沟，跟护城河似的。沿着河边有一大片菜地。白天里，那些戴着脚镣的犯人，被荷枪实弹的士兵押着出来干活儿，松土啊，浇水啊，忙个不停……

"政治犯"是啥？我当时也搞不太明白。只知道共产党人算是"政治犯"。南京中华门外的雨花台，你知道吧？那儿是一个刑场，年年都在那里枪毙、活埋共产党人。这些"犯人"，难道都是共产党？我当时上六年级，心里好奇得很。

平时放学了，我就爱在校门口那儿晃悠，看着那些"犯人"。

看着他们脚上的铁链子，哗啦哗啦响，看着他们那苍白严肃的脸，穿着灰色的囚衣，还有那些吆喝他们的武装士兵，我心里挺不是滋味的。

有一天下大雪，我又站在校门口那儿，看着那些"犯人"。突然，我看见一个高个儿"犯人"，那是劳动完了被押回去的时候，隔着一条深沟，透过飘扬的雪花，他直勾勾地盯着我！雪花飘飘的，我突然认出那张脸上的浓眉大眼，好熟悉啊。我差点儿就叫出声来："张……老师！"可那"犯人"一下子就被押走了，像烟一样消失了。

接下来的几天，我心里挺不是滋味的，下课后总在校门口的护城河边呆呆地望着。但是，我再也没看到那两道浓眉和两只大眼。真的是他吗？谁知道呢！谁能说得准呢！人生啊，总是有很多遗憾！生活里有很多事，是既不能完全肯定，也不能完全否定的。

蒋蓝： 沈从文曾说过，"一切作品都需要个性，都必须渗透作者人格和感情"。而无论您的小说、散文，抑或是回忆录中，都融入了自己的个性特征。张老师留给您的系列印象，构成了连续的情景，对年纪还小的您来说，肯定是极为震动的。

我相信这些印象对您以后的人生以及写作方向，都产生过深刻影响……

王火：是的。解放战争那会儿，记得是1947年冬天，我在上海。有一位地下党的同志约我到曹家渡那边的一个老工人家里碰头，秘密会面。咱们得想个万全的法子，万一被人盯上了怎么办？我突然就想到吹肥皂泡这一招！表面挺显眼的，但又不会引起别人注意。于是就让那个老工人的小孙女在门外吹肥皂泡玩。她在那儿玩，就说明安全；要是没有看到小女孩儿吹泡泡了，我们就得换个地方接头……

那天是一个冬天的大晴天，天上时不时飞过隆隆作响的"飞行堡垒"（美国的重型轰炸机），那个瘦弱的小女孩儿，头发乱蓬蓬的，在阳光下吹着肥皂泡。看着她的身影以及飘飞的七彩泡泡，我忽然就想起了张老师那一双浓眉大眼……那时候，我已经接受共产党的教育了，张老师是我接触的第一个共产党人。他现在在哪儿？我也不知道。但他在我幼小的心灵里种下了美好的种子，所以我对他的记忆特别深刻。

时间过得真快，像把昨天扔到天边去了。记得是20世纪60年代初，一个秋风秋雨的日子里，我在南京城冒雨去雨花台烈士纪念馆凭吊先烈。风呼呼地吹着树,雨噼里啪啦地打在窗户上。登上任家山,步入纪念馆,偶然看到一张有点儿模糊的烈士照片,那感觉就像是看到了红旗和硝烟,想起了黑夜和黎明、生与死的斗争……照片上写的是一位姓陈的烈士,20世纪30年代初就加入了共产党,在北京、南京、江西、上海这些地方做秘密工作。他被抓了两次,出来后斗志更旺盛。1948年12月27日晚上,这位烈士被敌人活埋在雨花台,那时候他才四十岁。他具体干了些什么,大多不清楚,查不到了。这位烈士看着像张老师,又似乎不像。两个人姓不一样,一个是陈,一个是张,但做秘密工作改名换姓是常有的事。这事儿到底是怎么回事?谁能给我一个答案呢?

逝者如斯。潺潺流水悄然逝去了,而那些我所亲历的场景却如同抹不去的印记,镌刻在永恒的长河之中。时光中的色彩或许已经褪去了,但在那灿烂的阳光下,水泡折射出的绚丽光芒依旧鲜活,依旧迷人。尽管它们终将随风而逝,但只要有人不断地回忆,它们便会再次在空中翱翔,这就是文学家所说的"往事重现"吧,其实写作就是在不断回忆中接近真实的。哦,回忆,多么美好!回忆,难道不是一种靠近永恒的信仰和境界吗？那位曾经教会我如何吹出肥皂泡，并且告诉我永不言放弃的张老师，虽然已经从现实中消失了，但张老师的教诲却如同生活和斗争中不灭的火焰，在我心中留下的那份美感与风雨中的意境，将永远留存。

因此这个故事，这一份美好，是值得被铭记的，它对于我实在是太珍贵了。

蒋蓝： 我去过雨花台烈士纪念馆拜谒。以后再去的话，一定注意您提及的这张老照片。对这个学校，您还有什么印象？

王火： 不仅仅是张老师，我还与多位老师都建立了深厚的师生情谊。

1937年"八一三"事变爆发，日寇飞机开始轰炸南京。就在这所命途多舛的中学被炸成废墟的前几天，我有些悲伤，一天急匆匆骑自行车赶往学校，带着告别的心情，想跟学校的老师们作一番道别。我见到了为抗战叫好，认为中国人需要跟日寇抗争到底的张箴华老师，也见到了教过我童子军课，训练我们野营生活的刘克刚老师。可惜当天行色匆匆，加上心情不佳，与他们并未有过多交谈，也没有见到别的老师和同学。

我骑着自行车在学校里兜了一大圈，带着离愁别绪回家。

巧合的是，在我随父亲王开疆去安徽芜湖躲避日机轰炸的过程里，在一家名叫"大安栈"的旅店里，我遇到了丁孚九老师。这太让人意外和高兴了。

丁老师是位为人宽厚的长者，他是江苏扬州人，说话乡音重，有调皮的学生经常学他说话，他也不生气。记得我和同学有一次正学丁老师的腔调说话，不料恰好被他撞见，丁老师没批评我们，只是轻轻拍着我的脑袋，说："真顽皮！"我心里很喜爱这位待学生和蔼的老师。抗战胜利之后，我从重庆回到南京，打听到他的新工作单位，还专程去看过他。

那时丁老师在江苏省公路总局任主任秘书一职，我告诉丁老师，自己在复旦大学攻读，丁老师非常高兴，虽然工作很忙，他仍坚持让我多坐一会儿，聊一聊近年的学习、经历、生活。我向丁老师谈论起自己小学时的何寿斋老师，何老师在学生的传闻中是一位很严厉的老师，还要打学生手心，但其实他内心很温柔。记得我参加学校的运动会，不小心摔伤了胳膊，被何老师送去医务室，他看着医生将我手臂包扎好后才离开……我最后一次见何老师是在1942年夏天，在上海跑马厅附近，何老师穿着一双破布鞋，撑着旧油布伞，看上去很落拓。我当时年纪也不大，懵懵懂懂地跟何老师交谈了几句就走了。此后我回想起这一幕总是很后悔，应该尽一份自己的力量帮他一把！这就像助人推车上坡一样。

为什么当时我要与丁老师讲到这些似乎不相干的往事？我不知道，也许在我心里总是回荡着那些长者的温暖吧。

时间过得很快，跟丁老师的会面只能匆匆结束。告辞之际，我向他深深鞠躬，他伫立在门边一直望着我离开。在战火纷飞的年代，一次的告别也许就会成为永久的告别。

那次分别后，我就再也没有听到过丁老师的消息了。中大实校还有一位叫许恪士的老师，我还记得一些事情。当年我们还在学校时，每逢国耻纪念日，许老师都会在操场上用洪亮的嗓音跟学生讲话，他慷慨激昂地痛斥日本帝国主义的恶行，有时还忍不住失声痛哭，哭声感染着在场的所有师生。1946年春天，我在迁徙到重庆北碚的复旦大学新闻系读书时，见到了来到重庆的许老师……哎，那是我们最后一次晤面。多年以后，我依然能清晰地回忆起许老师的模样……

日本飞机空袭下的中国

蒋蓝：您父亲很忙碌，有时间管理您的学习吗？

王火：现在看来，父亲的教育方法很是特别，不打不骂，但是要与我谈话。而我最怕和他谈话了。他不要我拿学校的第一第二名，只要我做个好学生，做一个好人。万事都要讲一个"好"字：功课做得好一点儿，待人好一点儿，体育搞得好一点儿……虽然父亲在我十六岁时就去世了，但就这点对我来讲，影响很深。

蒋蓝：您曾经写过文章回忆您少年时代在香港的往事，反响很大，读者说您写得非常真实，还原了战时香港的一些细节。那是怎样的情况？

王火：1937年全面抗战爆发，我上初中一年级。我从南京来到安徽芜湖，从芜湖到南陵，从南陵到安庆，从安庆到汉口，再从汉口到广州，从广州到香港。到香港我没有进学校，而是请了一个家庭教师教功课。我在香港住了一年，又回到了上海。再后来的1940年，我父亲为了逃离汪伪政府的绑架，我们又来到了香港。我记得，每天一早，我就按照父亲的要求，到六国饭店门口和附近的报摊上去买《大公报》《南华日报》及其他一些报刊，看战况和国际新闻及评论。

蒋蓝： 您经历过多次遭受日本飞机空袭的场面。

王火： 1937年"八一三"之后，日本狂妄叫嚣"三个月内灭亡中国"。据资料记载，当时日寇有两千七百余架飞机，中国仅有三百余架旧式飞机。所以日机除在上海战地狂轰滥炸外，8月15日又开始狂炸南京。

我父亲在南京有一幢大房子（新中国成立后捐给了国家）。一天中午，我突然听到"呜——"的汽笛声，这是预备警报；一会儿转成了"一长三短"的"呜——呜、呜、呜"的紧急警报。空气在燃烧！飞机轰鸣声中，我听到远处有炸弹爆炸声。我看见天上发生了动人心魄的空战，飞在前面的是四架草绿色太阳徽的敌机，一大三小。大的是轰炸机，小的是保护轰炸机的战斗机，紧跟追击的是三架中国战斗机，用机枪"嗒嗒嗒"地追击敌机。双方机枪吐出火舌，因为飞得低，双方战斗机上戴皮头盔和风镜的驾驶员我看得清清楚楚。飞机掀起的声浪和气浪很大，使人战栗。这时远处高射炮声响起来，炸弹声也断续传来，飞机轰鸣声逐渐远去,再一会儿响起了和缓轻松的"呜——"声,警报解除了。

我第一次遇到的空袭结束了。但第二天,日机又分四次空袭南京,来袭的大多是轰炸机,属于日本木更津部队,死伤不少人,报载先后有九架飞机被击落。以后,日机有时白天来,有时夜袭,除上海、南京外,杭州以及沪宁线甚至河南周家口等地都遭到轰炸。中国空军也英勇迎战,以弱敌强,以少击多,涌现出很多抗日英雄。

蒋蓝: 当时著名的有空军第四大队高志航队长,在杭州与日寇十八架重型轰炸机激战,先后共击落日机十三架,后来壮烈牺牲,被追赠为少将。

王火: 还有乐以琴。8月14日,他与高志航击毁日军木更津轰炸机六架,翌日在笕桥击毁日机两架,在曹娥江击毁日机两架。8月21日,在上海击毁日军九六式攻击机两架……不久他移防南京,南京民众都熟悉他的名字。10月间,日机再次袭击南京,乐以琴奋起应战,击毁日机一架后中弹阵亡。再如刘粹刚,是空军第五大队二十四队队长,移驻南京后,负责空防任务,多次参加空战,曾先后击落敌机十一架,于

1937年10月26日因飞机失事壮烈殉国。我的老师萧乾先生在1938年写过一篇散文《刘粹刚之死》，发表在同年6月出版的《文艺阵地》上，里面引用了刘粹刚生前写给他二十五岁的妻子许希麟信中的一段话：

> 假如我为国牺牲杀身成仁的话，那我就是尽了我的天职，因为我们是生在现代的中国，是不容我们偷生片刻的。你应当创造新的生命，改造环境。我只希望你永远记住在人生旅途上遇着过我这么个人，我们为公理而战争，我们为生存而奋斗，我们是会胜利的……

也有许希麟回信中的一段话：

> ……在家里有我照料，万不要惦念。现在你已交给了国家，我不应再以私事来萦乱你为国御侮的心。粹刚，现在不是我们缠绵的时候。诚如你所说，我们的时候在杀退了倭奴，恢复我河山，我中华民族永存

于世界的那一天。那时候我们再娓娓清谈，我们的小家庭再充满了融洽之气。我希望那天早日来到……

烈士的家书也是遗书，浩然的爱国正气，使人读了心潮澎湃、心弦铿锵，禁不住要感动地流泪。

蒋蓝：抗战期间，您对空袭记忆很深……

王火：为避空袭，我们一家从南京搬迁到安徽南陵县，仍常有空袭警报。后来又从南陵到了安庆，再由安庆到武汉……随着战事的推进，家里决定由武昌经粤汉铁路去往广州，再去九龙转赴香港。我们在武昌徐家棚站上了火车，空袭就来了。日机被我空军阻击，又被高射炮射击，很快逃走。解除警报后火车驶行。遇到空袭火车就鸣笛停车，让乘客下车寻地方躲避。想不到的是，我竟随家人遇到了在抗战中最危险的一次大轰炸！火车车厢被炸弹击中，死了好多人……经过了这次险些被炸死的空袭，我对日寇的仇恨更深了。说来也怪，对空袭我却能淡然对待了，就好像自己是死过一次的人了，不怕了！以后在重庆，每当空袭时我能进防空洞就进，人多或没有机会就不进去了。我爱看空战，希望看到日寇的飞机被击落。

蒋蓝：您的中学时代，正处于国家动荡、民生艰难之时。这些难忘的经历，您不讲的话，我很难去想象动荡岁月里的那一份份维系着您活下去的真情厚谊……

王火：这些往事我并没有全部写入文学作品，但这些情感一直燃烧在心里，让我的笔墨不至于干枯……

我们接着往下说吧。

我的中学阶段读过多所学校。1941年12月7日，珍珠港事件爆发，太平洋战争开始，日军攻占上海租界，并占领了欧美列强在上海的很多产业。当时我在上海租界的东吴大学附属中学读书。作为亲历者，我看到了，并经历了很多事情，至今难以忘怀。

那天晚上，我睡得正香，窗户外黑漆漆的，突然就被一声巨响吵醒了，那声音跟打雷似的。我一骨碌从床上坐起，来到窗边，听着像是炮声，感觉还挺近的，好像是从东边黄浦江那边传来的。紧接着，就听到飞机的轰鸣声。我心里感到紧张，感觉战争的恐怖魔爪一下子就紧紧攫住了我。

我看到对面楼上的灯一个接一个亮了起来，估计人们都被刚才的巨响吓醒了，心里肯定七上八下的。我开了灯，看了看钟，才四点多。心里琢磨着，这是不是租界外的日军在搞演习啊？又一想，黄浦江上不是有英国和美国的军舰嘛，不会是日本和他们打起来了吧？最近外面老是有人说日本要向英美宣战呢！

飞机的轰鸣声还在远处盘旋，炮声又响了起来。我和家里人都起来了，大家心里都挺不踏实的，感觉事情有点儿不对劲。炮声又响了几下，然后就没声了。虽然大家都回去睡觉了，但我是真睡不着了。

第二天一早，我决定还是去上学，顺便打听打听到底发生了什么。外面下着小雨，冷飕飕的，天气阴沉沉，似乎跟我的心情一样。天上好像罩着一层灰蒙蒙的烟雾。巷子弄堂里，左边一堆人，右边也是三五成群，都在议论黎明前的炮声和飞机声。大家的表情又兴奋又紧张，还有点儿担心。都在说日本向英美宣战了，黄浦江上英国的炮舰被打沉了，美国的炮舰投降了。还有人说要停公共汽车和电车了，还有人预测说日本兵当天可能要进租界区了。巷子里，有的人家在垃圾箱旁边烧书，估计是怕日本兵来了会搜家，先把那些抗日的书烧了……

我在一旁听了一会儿，觉得没什么新闻，就赶紧往马路上走。马路上也是一堆一堆的人在叽叽喳喳，男人看起来都是去上班或者出来打听消息的，女人大多拿着空篮子，一看就知道是出来买菜的。我也凑过去听听，大家议论的都差不多。沿街的店铺都关着门，人心惶惶的。有的人家还雇了黄包车在搬家，从公共租界搬到法租界去。1940年法国被德国迅速占领全国之后，法国政府宣布投降。上海的法租界是法国在旧中国四个租界当中面积最大、发展最好的一个租界。法租界在20世纪30年代达到发展的顶峰，此后随着日军全面侵华，法租界短暂地成为日占上海中的孤岛。因为法国没有与日本开战，所以有些人认为上海的法租界比公共租界要更安全。但是路边也有人说，法租界已经不让进了，还架上了铁丝网。

我心里也是七上八下的，出了汉口路，沿着石路往南京路走，看到一家卖米的店门关着，好多人拿着空袋子在门口排起了长龙；卖煤球的店门口也有人在抢着买煤球。经过浙江兴业银行，看到银行的铁门拉着，好多人在门口叫嚷着要银行开门取钱。有一家大南货店，平时生意挺好的，那天没开门，贴了个条子说"今天盘点，休息一天"。

街上的人都走得急匆匆的，脸色都挺紧张的。我最担心的是日本兵会不会进租界。一路上，倒是没看到一个日本兵。问别人，也都说没看到。但我心里清楚，日本兵肯定是要来的！估计以后在上海租界里的中国人，日子肯定更难过，生活更黑暗了。我心里充满了仇恨，感觉挺悲壮。

我在一个小摊上买了个粢饭团，一边吃一边往学校走。

突然间，有人大喊："东洋兵！东洋兵！"只见一辆日本军车飞快地开过来，停在了路边。车上堆了好多刚印好的《新申报》。几个穿黄军装的日本兵像撒传单一样发放报纸，于是有市民开始抢报纸。我心里虽然恨日本兵，但出于好奇，也上前拿了一份。一边走一边看，报纸上说日本向英美宣战了，日本海空军突袭珍珠港大获全胜，还击沉了美国好多军舰和飞机，还有当天黎明在黄浦江击沉了英国和美国的炮舰……看完这些消息，我心里的愤怒更强烈了，把报纸揉成一团，用力扔在地上，一脚踢到湿漉漉的路边。

小雨不知道什么时候停了，天还是阴沉沉的。路上的人，脸色也都阴沉沉的。路面湿漉漉的，我终于走到了灰色的七层楼高的慈淑大楼门前。慈淑大楼靠近南京路的一面有一家大陆百货商场，占了一、二层楼。三层以上都租给了私人或者公司、学校、团体。东吴附中在四楼，租了好多房间当教室。

蒋蓝：当时上海各类学校在战火中被肆意破坏，慈淑大楼成为上海著名的"商场学校"。圣约翰、之江、东吴附中、沪江、圣玛丽女中、辅仁、建华工校、文生氏英专、正则会计学校、上海夜中学等学校纷纷进入楼内教学，场景蔚为壮观。资料记载，由于学校众多，大楼内的校舍空间有限，各学校只能安排上下午交替上课。连带有理化仪器的实验室和图书馆也是联合使用。

您在去学校的路上，已经看到被日军进攻的各种征兆了。那到了学校，又是什么光景？大家对学校的遭遇有预感吗？

王火：肯定有的。我当时心头乱麻一般，走进了那个光线昏暗、阴森森的慈淑大楼的后门。我顺着楼梯爬到了四楼，到了自己的教室。这大楼里头人少得可怜，静悄悄的。我同时注意到，来上课的学生少得可怜。大家都害怕出门呢，还是忙着在路上东张西望？哎，不对！公交车和电车都停运了，法租界和公共租界的路也被封了，人流自然就少多了。我们那个宽敞的教室里头，一共也就五个同班的哥们儿，一个女生都没来。我的铁哥们儿俞伯良在教室里，我刚来到教室门口，他就招呼我："嘿！我本来想去你家叫你来学校，你家里人说你已经出门了，怎么现在才到？"

我没搭话，把手里那一摞用帆布带绑着的课本和练习本往桌子上一扔，对着俞伯良叹了口气，说："唉，以后咱们还能不能像以前那样上课，这事儿还真难说……"说完，我心里头那个难受啊，差点儿就哭了。

听我这么一说，有的同学也跟着叹气，有的看起来挺郁闷，还有的挺生气。俞伯良突然拿起粉笔，在黑板中间端端正正地写了四个大字："最后一课"。

他这么一写，我心里头更不是滋味了。

蒋蓝：这很像作家都德《最后一课》的情景。同学们已经有强烈的预感了。

王火：对啊！很多同学受到俞伯良的启发，纷纷走到黑板前，用粉笔在黑板上写"最后一课"四个字。班里年纪最小的同学吴玉书，已经忍不住趴在桌上放声大哭了。我的眼泪也立刻流下来，但还没来得及安慰吴玉书，就听见俞伯良突然扯着嗓子喊起来："快来看啊！那些东洋鬼子来了！"我们一帮人赶紧冲到窗户边。我们这栋楼有四层高，窗户下面就是南京路。

记得有一回,我们还从这儿往下扔过自己写的抗日传单呢。平时南京路上车来车往,有双层公交车、有轨电车、小轿车,加上那些挤满人的商店,可热闹了。可现在呢,宽阔的马路上空空荡荡,所有店门都没开。远远地,我们看见外滩那边,一大队日本海军陆战队的人排着队走过来。最前头的举着一面海军太阳旗,他们正大摇大摆地举行着"入城式"呢。

那些举着日本海军太阳旗的日本海军陆战队士兵,穿着统一的蓝色制服,戴着钢盔,全副武装,还演奏着让人心惊胆战的军乐。他们排着队形,在南京路上大摇大摆地前行。日寇真的来了!他们进了公共租界,这个孤岛彻底被日本帝国主义者占领了。

在敌人的铁蹄下,更黑暗、更严酷的日子要来了!

我和俞伯良站在一起,心里像被刀割一样,眼睛里含着热泪。俞伯良突然咬着牙,小声对我说:"要是有传单,我肯定扔下去!"我擦了擦眼泪,心想:要是有手榴弹,我也一定扔下去!

日本海军的军乐声响着,不知道他们奏的是什么军歌,感觉节奏粗暴得很,像是在咆哮,像是在爆炸,听起来特别狂热,野蛮味十足。

我叹了口气,心想:"以后肯定是要在敌人的铁蹄下过日子了!"看着眼前这一切,我觉得国家的耻辱比个人的耻辱更让人难受。国耻关系到四万万五千万同胞,国耻让子孙后代都蒙羞。我心里默默地呼唤:"中国啊中国,你什么时候能强大起来,收复失地,不再受帝国主义的欺凌?你什么时候能让中国人在世界上抬起头来?你什么时候能让中国人在自己的土地上挺直腰杆做主人?啊,看到日本帝国主义的士兵在中国的土地上趾高气扬地走着,皮鞋发出低沉、整齐的脚步声,就像是踩在我的头上和心上,那是一种怎样的碾压啊!我痛苦得都不想活了。"

蒋蓝:虽然我们没有切身体会过这种痛,但相信每一个中国人都能理解这种痛!

王火:的确是终身都无法摆脱的伤痛。

蒋蓝:这"最后一课",你们上完了吗?

王火:上了。

蒋蓝:哪一位老师上的?上的什么课,您还记得吗?

王火:那一幕,岂能忘怀!哎,当时我正难受着呢,突然听到教室门响，有人进来了。我一回头，看见了教国文课的王佐才老师。王佐才老师头发胡子都白花花的，瘦巴巴的，戴着一副大大的黑框眼镜，显得他脸更小了。他家人口多，负担重，从他那身打扮也看得出来：总是穿着破布鞋，大冬天的就裹着一件薄薄的古铜色骆驼绒袍子。那袍子边儿啊袖口啊都破破烂烂的，跟被虫子啃过似的，这儿挂一块那儿挂一块。他平时挺严肃的，不苟言笑，考试打分特别严，谁要是在课堂上嘻嘻哈哈或者背书时偷偷提示别人，他准得狠狠批评一顿，所以同学们都不太喜欢他。但那天不一样，王老师一来，大家对他的感觉全变了，叫他"王老师"的时候，那声音里满是尊敬和亲切。

王老师弯着腰，嘴里呼着白气，搓着手，好像冻得够呛。他夹着本国文课本进了教室，用浙江湖州口音的普通话说："我来晚了！住得太远，今天又没电车也没公交，我从大西路那边走过来的。我平时从不迟到的……"

我心里想：王老师啊，今天这种情况，谁还在乎您迟到不迟到啊？我和同学们都知道王老师的脾气，他一来就得上课。我们也不再往外看那些耀武扬威的日本兵了，我和俞伯良、吴玉书他们赶紧离开窗户，回到座位上坐好。

外面日本海军陆战队的军乐声还在呼呼地响。王老师还是那么古板，好像啥也没听见，就在讲台上摊开国文课本。他扶了扶眼镜，扫了一眼下面稀稀拉拉的学生，说："人来得不多啊！"突然，他看到黑板上一笔一画写出的"最后一课"四个大字。他一下子转过身去，掏出一块白手帕，摘下眼镜，擦起眼睛来……哎，王老师哭了！过了一会儿，他转过身来，感慨地说："是啊，这是'最后一课'了！"他用粉笔擦把黑板上"最后一课"四个大字的周围空间擦干净后，写下了"新亭对泣"四个字，说："上课！大家翻到课本后面这一课，今天咱们讲《新亭对泣》。"

平时古板的王老师，讲课都是一课接一课，那天怎么跳过那么多课，选了后面的这一课来讲呢？

这必有深意。翻开课本，课文里选有两则《世说新语》的故事，《新亭对泣》是第一则。课文很短，全文也就一百多字：

过江诸人，每至美日，辄相邀新亭，藉卉饮宴。周侯坐而叹曰："风景不殊，正自有山河之异。"皆相视流泪。惟王丞相愀然变色曰："当共勠力王室，克复神州，何至作楚囚相对。"

教室里静悄悄的，日本兵的军乐声已经听不太见了。陆陆续续又来了七八个同学，虽然他们迟到了，但是一坐下就全神贯注地听课记笔记，特别认真。教室里的秩序啊，从来没这么严肃和安静。

王老师，他那瘦削的脸上神情特别庄重，透过眼镜片，他眼睛里好像储满了光，说话的声音也比平时大了好多。他说："我们今天学的这篇文章，出自《世说新语》。这部书的编撰者刘义庆，是南朝刘宋时的彭城人，宋武帝永初元年被封为临川王，当过不少军政要职。新亭，也就是劳劳亭，就在现在南京的南边，是三国时期东吴建立的。现在，我给大家讲讲这篇短文的背景……"

平时听王老师讲课，我觉得挺平淡的。但那天，他的语气抑扬顿挫，充满了热情；他的眼睛里满是激动，说出来的每个字都像是扔出来的石头击穿水面一样有力。他用丰富的感情，神采奕奕地感染着我们：西晋愍帝建兴四年，匈奴的刘曜攻破了长安，愍帝投降了，西晋就这么灭亡了。第二年，琅琊王司马睿,也就是晋元帝,在江南建康建立了东晋,南北朝就这么对立起来了。那时候,从北方逃到南方的士族官吏,有的像祖逖那样主张抗战恢复中原,但大多数只想在江南苟且偷生。《新亭对泣》就反映了南下士族官吏两种截然不同的思想抱负。周侯就是周顗,继承了他父亲的武城侯,所以也叫周侯,他是那个唉声叹气的人。王丞相就是王导,他可是有志于抗战光复中原的。对比多鲜明啊!……

我逐渐明白了,王老师那天为什么要选这篇短文来讲。我听着他的讲解,看着课文,感觉热血沸腾,心里特别痛快,有一种说不出的满足感。

王老师慷慨激昂地说:"我们要抗战!要光复神州!绝不作楚囚之对泣!眼泪要往肚子里咽!把力量用在抗战上!……"他讲的虽然是课文,但好像也在讲现在的时局、现在的责任。

真是奇怪,就这么短短一百多字的古文,竟然在我身上产生了这么神奇的力量。我听着,眼眶都湿润了,心里、身上、血液里都充满了一种渴望与敌人拼死一搏的激情。课文简单易懂,讲完,我也就能背下来了。我看俞伯良、吴玉书和其他十几个来上课的同学,都比平时专心多了。从他们脸上的表情,我能感觉到他们的心跳，他们的热血在沸腾。

我突然感到很后悔：以前，我为什么对王老师没有那么热爱呢？他是多么好的一位爱国老师啊！他是这样的一位感情丰富、热血沸腾的老人，我以前怎么就没看出来呢？在敌人铁蹄践踏的关键时刻，他就像一把稀世宝剑一样，露出了锋利的剑刃！以前怎么就没看到老师有一颗金子般的心呢？

王老师讲完课，突然拿出那块破旧的白手帕，左手扶了扶眼镜，右手用手帕擦了擦脸。我看到两行晶莹的泪珠顺着老师的鼻梁流了下来。教室里静得连针尖落地都能听见。老师在啜泣！一刹那，我也泪流满面了。同学们也都落泪了，最小的吴玉书伤心地趴在课桌上哭了起来。我突然想起，听说吴玉书的大哥是飞行员，在杭州笕桥机场上空与日寇飞机空战时牺牲了。

哭了一会儿，王老师止住了泪水，突然说："作楚囚对泣容易，就是讲完了这篇课文，懂得了应该去光复神州而不应当相视流泪的道理后，我们也仍是不禁要泣下。但哭没有用！同学们，记住今天我这最后一课讲的话吧。也许，今后我不会再来教你们的国文了。谁知道会不会派日本人或汉奸来给你们进行奴化教育呢？但你们只要记得曾经有一个五十八岁的国文老师给你们上过这样一堂课，那我也算没有白教你们这些学生了。"

我心里火辣辣地发热，真想上去热烈拥抱老师！战争和刀枪能毁灭许多东西，但不能毁灭美的思想、美的人和事；侵略者能用铁蹄占领中国的土地，但他们想征服中国人的心，那是妄想！

王老师要下课了。他用粉笔擦去了他写的"新亭对泣"四个字，但保留了黑板上"最后一课"的字样，用一种依依不舍的声调说："同学们，再见！下课。"

平时，老师来上下课，总是由班长喊："一、二、三！""一"是学生起立，"二"是向老师鞠躬，"三"是老师还礼后学生坐下。那天班长没来。上课时没有人叫"一、二、三"，此刻，我忍不住忽然起立，代替了班长高叫："一、二、三！"

所有学生一同肃然起立，向老师恭敬地鞠躬，目送王老师缓慢走出教室。

见王老师瘦削的背影已从教室门口消失，我忽然想起了什么似的，拿起课桌上的课本、练习本大步追了出去。

我在下楼梯的地方追上了王老师。大叫一声："老师！"

快步走上去。王老师慢慢回过身来，瞅着我，立定了脚步，脸上似乎是问：什么事？

我鞠了一躬，将一本练习本翻到空白处，递了过去，恳求地说："老师，请给我留几句话作纪念吧！"我本想告诉老师，我将来可能会离开"孤岛"到大后方去的。但话到嘴边，咽下没说。

王老师沉默了半晌，从长袍胸襟上取下他插着的一支黑色旧"新民"钢笔，在我的练习本上，用流利的钢笔字写了两句话："养天地正气，法古今完人！"然后，写了"王洪溥同学留念"，在下边签上了名，转身下楼去了。

俞伯良从后面走过来，追问："你在干什么？"

我将手里练习本上王老师写的两句话给俞伯良看了。

俞伯良一跺脚说："唉，我怎么没有想到呢？我也要找王老师写几句！"话音刚落，他已经"嗵嗵嗵"地下楼去追赶王老师了。

我独自下楼。走出慈淑大楼时，看到街口已有横枪站立、面目狰狞、穿黄军衣的日本陆军在放哨。街头上出现了刚张贴的"上海方面大日本陆海军最高指挥官"署名的铅印中文布告。

围观的人很多。我挤上前去看，布告上说日军进驻公共租界，是为了"确保租界治安"等。这当然都是日本侵略者的鬼话。日本侵略者是攥着杀人的刀枪、戴上不动声色的假面具在攫取"孤岛"了。

时光流逝，一晃几十年过去，真有"隔河如千里"之感。但我所经历过的"最后一课"，印象始终新鲜。当年我所尊敬的老师一定早已作古，当年的同学也都不知在何处。但看到我们的祖国终于在共产党的领导下取得了举世瞩目的成就，赢得了崇高的国际威望，我们的社会主义中国繁荣昌盛，每当回忆起这些辛酸痛苦的往事时，就更有一种无比的欣慰充塞心头。

在日寇铁蹄下的"孤岛"生活，给我留下了许多难忘的回忆。日寇海军陆战队在南京路上耀武扬威的情景，我也始终印象深刻，但日寇的军队后来很快又退出了租界，并且开放交通，恢复生产和市面，让上海公共租界基本在表面上维持了日军占领前的状态。其原因是日军岗哨林立，租界人心惶惶，生产凋敝，市面衰落，日寇感到要一个死城一样的上海不合算，维持原状，保持上海"国际都市"的外貌对日本更有利。日寇是想用"王道乐土"的精神来麻醉上海人，免得以侵略者身份引起上海租界市民的反抗和反感。日寇司令部当时张贴布告说如有政治恐怖事件发生，日军可以进行封锁，可以拘捕人质。日寇又查封商务印书馆、中华书局、开明书店、世界书局、大东书局五大出版机构，派出大批鹰犬检查各级学校教科书，汪伪政府也根据敌伪需要重编教科书。为了节电，商店霓虹灯取消了，马路上的红绿灯取消了，公共汽车和电车傍晚六点就停驶了……无论日寇用什么手段掩饰，上海也是在铁蹄践踏下的土地，是屠刀宰割下的俎上之肉。我上的东吴附中，不能继续办下去了。一批爱国的老师出面组织了一个正养补习学校，让我们可以继续读书，不受奴化教育，但给我们上最后一课的王佐才老师，从那时起就不知何处去了！以后我再也没有听到过他的消息。

许多年后，我写长篇小说《战争和人》三部曲，当年在日寇铁蹄下的"孤岛"生活自然而然成了我创作的素材。我将人名作了些改动，但写出来的那些生活经历和感受是完全真实的。

蒋蓝：2020年，华语电影《八佰》上映后，八百壮士保卫四行仓库（大陆、金城、中南和盐业四家银行共有的仓库）的故事让很多国人热泪盈眶。那么，这八百壮士，下落如何？

王火：我在回忆录《九十回眸——中国现当代史上那些人

那些事》中，记录过这段往事。记得是1940年5月的一个星期天下午，我和几位同学曾冒险游过苏州河，来到上海胶州路看望著名的抗战"孤军营"的八百壮士和谢晋元团长。

四行仓库的地理位置独特，西北部已被日军占领，南邻苏州河，对岸是公共租界，东面则是英租界。淞沪会战时，坚守在苏州河畔四行仓库的八百壮士，在谢晋元的率领下奋战了四昼夜后，因孤军无援，接受英美当局的劝告，避免无谓牺牲，奉命退入租界，在胶州路建立了一个营房。我们那天专门买了一束鲜红的月季花，去探望被公共租界当局围困的壮士们。那天虽然没有见到民族英雄谢晋元，却也表达了"孤岛"少年的爱国情义。我代表同学们向接待我们的团副上官志标说："我们是三个学生，请受我们对八百壮士的致意！我们是来向你们致敬的！"我掏出身上的全部积蓄，捐了二十元给守军。上官团副流泪收下了，泣不成声地说："我们对不住人民！"

谢晋元团长后被日寇收买的叛徒杀害，年仅三十六岁，国民政府追赠其为陆军少将。剩下的壮士被日本人抓去，关押在飞机场内，陆续押往东南亚做苦工。后来仅有一百多人活着回来，当局把他们安排在黄埔6号码头当搬运工……

哦，往事不堪回首。记得那天夜里，我们在回家的路上，大声唱起了《歌八百壮士》："中国不会亡，中国不会亡，你看那民族英雄谢团长。中国不会亡，中国不会亡，你看那八百壮士孤军奋守东战场……"

当时前方将士有一句流行的壮语："同鬼子拼命，打死一个够本，打死两个赚一个！"这种拼命精神深深感染着我。

回眸山城重庆

蒋蓝：西南大都会重庆，对于您来说是陌生的，也充满新鲜感。

王火：我实在不愿意在上海继续过那种日寇铁蹄下的生活了。我父亲去世后，我在香港待了没多久，就由香港回到上海，在东吴附中读书。再后来我投奔了我母亲……终于在1942年7月，时年十八岁的我，与一个叫夏家连的朋友结伴，从上海前往陕西。我们从上海到南京，从南京到芜湖，从芜湖坐火车到合肥，用了二十多天，终于在绕路一百二十多里后到达上派河，逃出沦陷区，踏上抗日的土地。这一路上主要靠步行，脚上常磨出水疱,我便用"媒子"(用黄表纸卷成的捆,吸水烟的人用此点烟)熏干水疱后拿针挑破。遇到干旱天气,就将石头下潮湿的泥抹进嘴里……爬山越岭绕道,拉纤乘船渡水,通车的地方就乘车,不通车的地方就走路,一听到枪声停下来,赶紧找个本地人带路,还在一个农民家里住了一个多月,最终突破日本人的封锁线。在河南洛阳附近的水寨我跟夏家连分手,经历九死一生的艰难困苦,9月下旬,我终于到达了江津。

当时我与家人失去了联系,他们都不知道我是死是活。到重庆后,我首先去找我哥哥,他当时在重庆兵工大学;然后又到江津县(今重庆市江津区)找我一个堂兄王洪江,他在江津县城当律师。王洪江是我父亲一手培养成人的,称我父亲为六叔。王洪江,字可方,江苏省如东县北坎镇人,少时随我父亲在南通读完初中,后在苏州读高中,入上海法律专科大学学习,与史良(新中国成立后为司法部部长)同班。1928年大学毕业后,他任曲阜县(今曲阜市)赈济科员,后在南京任律师,设事务所在太平路白下路口。1937年12月,日寇进攻南京,王洪江幸免于日军大屠杀,逃离南京,前往武汉,辗转来到江津充任律师。他毕生从事法律研究,1995年在南京去世,享年九十岁，著有《刑法释义》《中华民国法学思想史》等法律著作。

稍微安顿下来，我赶紧复习功课。这年秋季，我考入了四川江津国立九中高一分校。后来成为我夫人的凌起凤（凌庶华），当时就在国立九中高二分校。

江津国立九中是以安徽籍流亡师生为主体组成的一所中学，初名"国立安徽第二中学"。1938年12月正式成立于江津德感坝萧山，1939年4月更名为"国立第九中学"，校本部设在至善图书馆（今江津二中），借用三共、四述、竹贤、五福、五桂、云庄六座祠堂设立各分部教学基地。学校师生比较进步，教学条件虽然艰苦，但还创办有《国立九中校刊》。该校在江津办学八年，毕业学生十五届，毕业生三千五百余人。

因为没有宽大的校园安置全部年级的学生，所以国立九中高一分校落脚在江津县城长江对岸德感场后山一个叫"蜘蛛穴"的地方。这里有三百名学生，师生多来自安徽省和东三省。德感场每逢三、六、九赶场，热闹非凡。我印象里德感街是南北向，右边是长江，也就是当地人称呼的"几江"。顺着石板街走到尽头，右侧斜插过去有条小道直奔长江码头，人员车辆过江都要上船横渡。隔江相望，江津县城尽收眼底，背后青山叠翠，绵延开去。眼前江面开阔，烟波浩渺，不时有纤夫拖船经过，他们的双脚踏在岸边的鹅卵石上，肩扛竹制纤绳，身体前倾，是那么坚实有力……

江津县号称"小重庆"，地处重庆上游，距离重庆不到100里，水路只需要半天路程，还有号称"西南第一路"的成渝公路经过，交通较为便利。江津境内主山脉有四条，即四面山山脉、龙门槽山脉、华盖槽山脉和碑槽山脉。丘陵地带植被茂密，风景静美，竹子品种也多，慈竹、斑竹、水竹、金竹、楠竹、硬头黄竹随处可见。走在山道上，山弯是一种竹，转过一道弯又是另一种竹，仿佛是在竹海里遨游。据说日本鬼子的飞机一来，都不愿将炸弹浪费到这个小县城里，而是直接去轰炸陪都重庆。因缘际会，这里隐居着不少著名人物，比如革命先驱、新文化运动的巨擘陈独秀，还有辛亥革命元老、国民党上层人物、安徽籍的凌铁庵老先生……

凌铁庵原名凌昭，1885年出生于安徽定远县一榜眼府邸，是著名清代爱国将领聂士成的外孙婿。他是武人出身，出任过安徽革命军第五师师长。后东渡日本加入同盟会，投于孙中山的革命旗帜下；后接受孙中山指示，回国参加了诸多斗争。后来在东北遭受"东北王"张作霖嫉恨与暗害，张作霖派人将凌铁庵炸伤，致使凌老双目失明。

在江津的凌老，是深孚众望的国大代表、中央党史编纂委员会名誉编纂、中央组织部设计委员，德高望重。冯玉祥到江津发动献金时，为凌老写过一首诗："同志凌铁庵，住在江津县……双目皆失明，国事最心关……提出献金事，首先发大愿。这样一提倡，大家皆受感。"不难看出凌老的高风亮节。

凌庶华是凌铁庵先生的第七个儿女，也是凌老最疼爱的幺女，人称凌七妹或凌七姐。我的堂兄王洪江的妻子凌伯平，是凌庶华的大姐。凌老与我父亲王开疆多年交好。这种关系下，我每到周末，就摆渡过江到"鼎庐"凌家去玩。凌家环境很好，单门独户，环境清幽，生活也相对优渥。凌老喜欢下江（当时四川人将长江下游来的人，统称为下江人）来的进步爱国青年。我得到凌老的很多教诲。

其实，当时我对凌庶华心存爱慕之心。凌老自然看出来了，老人对我有意识地进行了一系列考试。这些考试是多方面的，从诸葛亮的《出师表》到陈寿的《三国志》，还有若干从古至今的诗词歌赋，命题作文、作诗，等等。

蒋蓝： 这一段时间里，您开始文学创作了吗？

王火： 这个"创作"啊，是一桩大事而引发的。

1943年夏天，国立九中高一分校发生了一起令人震惊的学生中毒事件。

一天早上，上完早自习的学生纷纷拿着碗筷去食堂吃早餐，还是老样子，仍然是稀饭和馒头。约莫二十分钟后，可怕而又奇怪的事发生了：学生东一个西一个地倒下！床铺上、教室里、操场上、草坪上到处都躺着学生，就连厕所里也有……学校马上就明白发生集体中毒事件了，横七竖八躺着的学生，有的一动不动，有的痛得打滚，有的在呻吟，有的口吐白沫……场面非常恐怖。

中毒的学生共有一百二十多人，情况严重的有六十多人。我没有中毒，看到这场面很揪心，马上参加了学校组织的施救。校医室只有几瓶紫药水、酒精、碘酒，校医面对这突发的群体中毒事件束手无策。有人建议说，给中毒者灌点儿肥皂水，让他们将吃的稀饭馒头吐出后就会好转，但这个办法反而加重了中毒学生的痛苦。附近的一个农民跑来说，让中毒学生吃生鸡蛋就能解毒……于是，我立即跑到附近的张氏祠堂等几个农家小院买鸡蛋。当地农民在抗战中生活较为清苦，但对学生很是善良，农民家树上的橘子我们可以随便吃；我去当地一个同学家吃饭，一家人站在边上看着我们吃饭，端来一碗又一碗的"冒头儿"白米饭……至今让我感念。现在农民听我说，是为了给学生解毒来买鸡蛋，他们立即拿来很多，不收一文钱。但是，我带回来的一书包鸡蛋根本不够用啊！

上午9点，我和其他师生将这一百二十多名中毒学生分批用小木船运到学校对岸的江津县城。县城的卫生所在东门，但9点过了还没有开门。中毒学生七倒八歪地躺卧在东门公园的廊凳上，大多昏昏迷迷，表情痛苦。赶来的德感场和县城私人诊所的张熙尧、张思寿医生，因为药品短缺，只能对中毒者做简单处理。大家心急如焚，终于等来姗姗来迟的卫生所医务人员，他们似乎见惯不惊，慢条斯理地开门、扫地、抹桌，然后登记……大家见状都喊："快出人命了，搞快点儿嘛……"

颇有经验的张熙尧建议立即给严重的中毒者注射麻黄素、打强心针等，但卫生所医生根本不予采纳，一律给中毒者注射葡萄糖药液。到上午11点才处理完。晚上8点，中毒学生才开始慢慢地苏醒。

值得补充的是，当日下午，国民党中央执行委员会调查统计局重庆稽查处和江津稽查所人员进驻学校，对所有老师和学生进行调查。经鉴定，学生系砒霜中毒，问题出在食堂上。他们抓去了一个姓窦的东北籍学生，他的嫌疑最大：一是他是学生伙食委员会成员，二是这天早上开饭前他有进入食堂的机会，三是他本人没有中毒。他被抓到重庆后关进了监狱，但他一直没有承认投毒，两年后死在狱中。

就在那几天，我心急火燎，一天夜里动笔写出一篇措辞强硬的评论《九中就医学生感言》，次日投寄给《江津日报》，报社立即发表了这篇千字文。我这篇文章对当时的江津县卫生所的官僚主义、医生冷漠等现象进行了抨击。这篇文章在社会上产生了较大影响，学校甚至把当天的报纸张贴在告示栏里。后来我听同学们说，这文章对医院的抨击令人痛快……

这是我首次发表文章。看到自己的文章变成铅字，被人传阅，真是自豪和喜悦！什么叫"金不换"呢？我开始意识到为民鼓与呼的重要性！也就是从那时起，我就埋下了学习新闻的心愿。于是从江津高中开始，我不断练笔，常有小说、散文、特写在重庆的报刊发表。

蒋蓝：中学是求知欲极强的阶段，您那时阅读了很多文学作品吧？

王火：到了中学时代，我从哥哥王洪济的书架上取读过辛克莱的《石炭王》、肖洛霍夫的《静静的顿河》、高尔基的《母亲》、斯托姆的《茵梦湖》、法捷耶夫的《毁灭》（鲁迅译本）、果戈理的《死魂灵》……但更多的是我一次次地在"孤岛"上海的四马路一条小弄堂的启明书局里，买到的大批翻译作品：有莎士比亚的剧作、狄更斯的《双城记》、歌德的《少年维特之烦恼》、托尔斯泰的《复活》、大仲马的《侠隐记》、小仲马的《茶花女》、陀思妥耶夫斯基的《罪与罚》、契诃夫的短篇小说……启明书局的书很便宜，虽然排印粗糙、错字多，却使我大开眼界。

大剂量的阅读为我打开了一扇扇窗户，又让我仿佛置身于一个个奇异的宝藏深处，见到了许多闻所未闻、见所未见的人和事，接触了许多闪闪发光的思想，得到了许多智慧和知识，使我得到了极大的喜悦与想象满足。

中学时代，我对外国文学作品的喜爱与日俱增。那些年间，我从学校图书馆和同学家中借来大量中外名著，包括林琴南、苏曼殊等翻译的作品在内，诸如《花心蝶梦录》（即普希金的《上尉的女儿》）、《块肉余生述》（即《大卫·科波菲尔》）、雨果的《悲惨世界》（雨果当时译名为"嚣俄"，《悲惨世界》曾译为《哀史》或《孤星血泪》）和塞万提斯的《堂吉诃德》等。

1944年我正式开始写作了。第一篇短篇小说题为《墓前》，发表于重庆《时事新报》副刊。其后又发表过《老伦明的梦》《青山葬连理》及《天下樱花一样红》等小说。

蒋蓝：《战争和人》当中，有很多涉及江津的真实描写……我注意到您对当地春节的描写："旧历年的气氛十分浓郁。江津街上许多人家的门上都贴着住在东门外支那内学院的欧阳渐（也称欧阳竟无）大师手写的红纸春联：'乾坤万里眼，天地一家春。'欧阳大师那苍劲有力的独出一家的书法，人人都赞赏。"欧阳渐大师的春联，也是当年所见吧？

王火：对啊！我描述的江津场景很多。比如："读读书，写写东西。疲乏了，落日西沉，晚霞在明净、寒冷的天空里闪烁时，他陪童霜威散步，有时逛到东门外的公园和体育场去。在临江的公园里，可以看看几江打着旋涡的江水和江上缓缓行驶的木船。有时逛到西门外，那里有陈独秀的墓，1942年5月27日陈独秀因心脏病死在江津。他是中共第一任领袖，但不是个好领袖。1932年10月被国民党逮捕后，囚禁到抗战爆发才释放出狱。他背离共产党，晚年贫病交加死在江津，无声无息。大概那些变成可有可无的人死后总是这样的吧？"

蒋蓝：您是怎样考入复旦大学新闻系的？您的小说被称为"社会小说、政治小说和家庭小说"，是否受到大学教育的影响？

王火：20世纪40年代，国内有三所大学办有新闻系：燕京大学、复旦大学、中央政治学校，思想最为进步的是复旦大学新闻系，名师也多，影响力最大，所以我就报考了复旦。

记得大学考试时，规定要写两篇文章。一篇是文言文，用毛笔写，写"大道之行也，天下为公"；一篇是白话文，用钢笔写一篇散文，叫《秋月》。我一看，《秋月》很好写啊。但"天下为公"的题目，我没写好。当时我想，考不取怎么办？害怕，愁死了！我也不知道怎么办。我有一个同学跟我开玩笑，说他哥哥怎么厉害。我说，我要考不取，跟着你哥哥混。他说，你很聪明，样子也行，可以！后来我才知道，他哥哥是郭沫若的秘书。我想，要是没考取的话，我就离开堂兄家了，我真没有脸见他了。我还跟一个同学商量，如果考不取，就去泸州买漂白粉到成都来卖。泸州的漂白粉比较便宜，而成都贵。赚点儿钱，就可以生活了。

蒋蓝：确定是漂白粉吗？20世纪三四十年代，泸州出产的洋胰子（香皂、肥皂），畅销省内外……

王火：呵呵。我记得1944年当年有五百九十六人参加考试，只录取三十人，我的成绩排在第七名。后来，《中央日报》第一版的头条刊登了大学录取名单。我高兴极了！我把报纸拿去找堂兄，他正在打麻将。我把报纸往他桌上一放，说："你看吧！"我就走了，出去玩去了。

1937年淞沪会战期间，复旦大学在上海的原址被日军炸毁。为继续办学，师生们携带各类器材设施几经辗转，跋涉数千里，在爱国实业家卢作孚和北碚各界人士大力支持下，结庐于北碚夏坝，1938年2月以最快速度重新建起了一座战时大学，复旦大学师生们用不屈不挠的精神续写了八年辉煌历史。

嘉陵江冲出缙云山后尽力奔泻，在北碚城区对岸形成的一块小平原，四川话称为"坝子"。一条东西向的小溪将坝子分成南北两部分，当地人分别称为"上坝""下坝"。

夏坝，原名"下坝"，这一字变易，蕴含着华夏儿女的赤子之心。因"华夏"的"夏"与"下"同音，陈望道先生来北碚后便更名为"夏坝"，这是华夏之坝！以表达师生的爱国之情。自从20世纪30年代以后，下坝就称为夏坝了，并沿用至今，如今夏坝已成为这一片区的统称。从1938年到1945年，西迁的复旦大学在嘉陵江畔度过了八载抗战岁月，夏坝也从北碚的一个小乡场，一跃成为与成都华西坝、重庆沙坪坝鼎足而立的"文化三坝"。

蒋蓝： 在《九十回眸》里，收录了《今宵别梦寒——哭忆马骏（张希文）》一文，其中这样写道：

夏坝隔着滔滔的嘉陵江面对北碚。校园旁有许多小茶馆。学生喜欢在露天茶馆里喝茶、看书看报。聊的当然是从国际到国内的时事政治。……坐在茶馆里总是谁有钱谁付账。喝茶时，采取的是"车轮战法"，泡一杯沱茶或者菊花，甲喝了离去时，乙来接着喝，浓茶变成了淡茶，淡茶喝成了白开水……因为太穷，有时买烟只买一支，就用钢笔在烟上划界，第一部分希文吸，第二部分汉民吸，第三……

这里不但写活了四川茶馆里的底层民众喝"加班茶"的习俗，也道出了他们合抽一支烟的动感，这恰恰是清贫时代的香烟亲和力。您用平实质朴的文字高度真实地道出艰难时世中青年学子苦中有乐的生活，读来令人忍俊不禁。比照不少作家写西南联大的校园生活，这段"恰同学少年，风华正茂"的描写，也同样如实还原了抗战时的学子们洒脱不羁的风度和真诚直率的友情。所以说，无论史料的丰富度还是细节的精彩程度，《九十回眸》始终秉持尊重历史、呈现生活、彰显光明的基调。

王火：的确，《九十回眸》不仅仅是散文，还是我循着时代投射在我及家人身上的光照，写成的一部成长史、家族史、抗战史，是苦难之人向往光明的历史。无法忘却的细节，连缀成了我的记忆，也是《九十回眸》里的历史经纬。蛰伏在我生命体验深处的种种景观与湖光山色，也因此被那些友情激活了，再度苏醒，努力以个人视角弥补宏大叙事的简单历史架构，同时也尽力绕开"历史虚无主义"的陷阱。

当时，大学的图书馆藏书太丰富了，那成了我流连忘返之地。大学四年，也是我系统阅读外国文学作品最多最广的时期。我一方面从作品了解作家，另一方面就一个个地去搜罗外国作家的作品来阅读，或根据外国文学史，按图索骥去寻觅一个个国家的著名作家与作品，真是如饥似渴。屠格涅夫的六部长篇名著外加《猎人日记》，我读得最熟。《贵族之家》与《前夜》中的一些片段简直能背诵。雨果的《悲惨世界》，列夫·托尔斯泰的《战争与和平》和《安娜·卡列尼娜》都是看了一遍，再看二遍。读中有学，学中再读。不但读中文的，还读一点儿英文的，当时在华美军带来了许多袖珍本的文学读物，有《战地钟声》《苔丝》《巴黎圣母院》《浮士德》及毛姆的炉火纯青之作《剃刀边缘》等，我都尽力买或借阅，既学英文又看小说。

蒋蓝：我对毛姆的作品尤其感兴趣。《剃刀边缘》还拍摄为影片，经久不衰。我曾经摘录了毛姆这本书里关于爱情的一段话语："爱情不是个好的水手，一远航它就疲惫了。当你和拉里之间隔着浩瀚的大西洋时，你便会惊讶地发现，那在启航前似乎不能忍受的痛苦，已变得多么微不足道。"这段话让我逐渐体会到了爱情与人生的选择，尤其是清醒选择，是多么关键。

王火：记得读毛姆这本书的时候，我就在揣测，为什么这本书的名字叫《剃刀边缘》？直到最后一个章节，我才恍然大悟：不同的人，一生自然有不一样的选择，而怎样清醒地过好自己的一生，就如同越过一把锋利的刀刃一样艰难。我以为，我自己的人生选择，大体是理智的。

复旦大学校园面朝嘉陵江，江水深碧，静水深流，江岸秀美。陈望道先生曾先后任复旦大学文学院院长、新闻系主任。为让青年学生学以致用，他到处募集资金，修建了中国高校第一座新闻馆。位于复旦大学西北角的复旦大学新闻馆里特别挂了两幅字——馆内是系铭"好学力行"；门柱上有一副时任国民政府监察院院长的于右任先生撰写的对联："复旦新闻馆，天下记者家。"给我的印象非常深刻。

复旦大学迁入北碚夏坝后，学校抓住大后方人才齐聚的良机，竭力邀请各路名流学者来校任教。复旦大学新闻系用当时一位同学的话说，是"大招牌很多""招牌又大又亮"。例如：陈望道、萧乾、赵敏恒、曹亨闻、舒宗侨等都是招引学生的"大招牌"。叶圣陶、胡风、老舍、梁宗岱、吴觉农等一大批知名学者均先后到复旦任教；张志让、陈望道、周谷城、孙寒冰、曹禺等著名学人教授也应邀前来，与广大进步师生一起开展了各项爱国救亡运动，使复旦大学成了大后方的红色堡垒。

复旦大学新闻系里的"大招牌"教授很多。除了陈望道，教授中有储安平、赵敏恒、王研石、萧乾等，大都是名人。

那时，我参加过每周一次的由陈望道掌舵主持的"新闻晚会"。

陈望道是新闻系主任，他是《共产党宣言》中文首译者。还有那些大报的头面人物，也在我们系教书，他们的思想都是反腐、反贪、反独裁、反特务，对我影响可大了。陈望道先生个子不高，喜欢穿布长袍，走路慢慢悠悠的。他教修辞学，字写得漂亮，讲课也风趣。他挺有个性的，挺身而出支持保护那些有进步思想的学生。

当时陈望道老师也喜欢我。但他有点儿怪脾气，大家都怕他，我也有点儿怕他。后来到1948年我毕业时，文学院新闻系推荐我担任助教，主要是为陈望道服务，但同时也为萧乾、曹亨闻、舒宗侨、杜绍文、赵敏恒等教授处理事务。陈望道对我讲："学校给我推荐助教，我是不要的，我要自己挑。"我其实不愿意当助教，我觉得他的助教不好当啊，你晓得吧？他脾气很怪，要求又高。他搞修辞学，很讲究，比如用字用词，"花"与"柳"两个字，撇开很美，放在一块儿，"花柳"就不美了，当时我就没想过这种问题。他讲得对。

他叫我们到茶馆里去写作，而且限定时间，出一个题目，三十五分钟一定要交卷。书法还不许潦草，要写端正。

1948年后，我担任望道老师的助教，与他接触的机会就更多了。我同望道老师谈过鲁迅，望道老师告诉我说，鲁迅先生1928年曾在复旦大学作过演讲。那时，上海大学停办，望道老师担任复旦大学中文系主任。当时教育界的黑暗势力很猖狂，仇视白话文，鲁迅的演讲是指责当时黑暗势力的。题目已不记得，也许并没有题目。讲到得意处，鲁迅就仰天大笑，听讲者也都跟着笑。

望道老师说，鲁迅先生的功劳并不局限于文艺方面，当然文艺方面功劳最大。所以纪念鲁迅，不应该局限于任何一个部门或范围，在一切文化教育方面都留有鲁迅先生的功绩。望道老师还特别提到他办的实践大众语的《太白》半月刊，就是得到鲁迅支持才创刊的。

1945年，我写了一个短篇小说《墓前》，拟投稿。这故事是从同学中听来的：一个下江来的流亡学生，爱上了一个四川绅粮家的女儿，两人都是复旦学生。但女同学的父亲和后母坚决反对这桩婚事，后来索性将女儿囚禁在家中不准她上学了。那男同学常在女同学家屋外徘徊，想见一面而不能。女同学终于病倒了，病重时提出要求，希望死后能葬在夏坝复旦校园后的一座小山上。她病故了，家里按她的遗愿为她立了碑建了坟。可是，有一天夜里，原来的墓碑被砸断了，竖了一块新碑，上面有一首悼念的小诗，署名是那位男同学。接着，男同学失踪了，是到一个遥远的他"久已向往的地方"去了。这向往的地方当然我暗指的是延安。

这传说在复旦同学中流传颇广。那后山上的有诗碑的坟墓我也去看过。我把这个短篇小说送给望道老师看，他看完把稿子还我时，只说了一句话："要写得有意义些！"

我那时年轻不懂事，也不知天高地厚，竟感到有些不受用了。我认为我写《墓前》是寓含反封建的意义在内的，我将爱情写得缠绵悱恻，谁看了都会一洒同情之泪，怎么能说没意义呢？

后来我终于想通了。我这篇小说只是重复了"五四"以后早被许多人写烂了、写够了的主题,毫无新意;而且,我把笔墨过多地放在对爱情的渲染上,而且归结为失恋之后才去延安,也是一种失败。实际上这个题材可发掘出的意义是存在的,只是我没有去发掘出来而已。就这样一句批评式的意见"要写得有意义些",体现了望道老师和我之间水平的高低差距。他这么一句话就够我用一辈子的!

直到1948年,我毕业留校给望道老师做助教时,才又把另一个短篇送给他看。这个短篇当时发表在上海《万象》杂志上,题目为《缙云坝上的鬼屋》,也是根据北碚夏坝复旦同学间的传说加工写成的。我们学校附近有幢洋房临江矗立,传说是个凶宅,闹鬼。屋主原是川军的一个师长。我赋予这题材一个反迷信的主题,但望道老师看了后,摇着头又是只说了一句话:"不要猎奇!"

几十年来,望道老师送我的这两句警句:"要写得有意义些!""不要猎奇!"常常铿锵有力地响在我的耳边,使我警惕,使我自勉。我把它们永远铭记在心头。

蒋蓝:您和望道老师后来见面了吗?

王火：我再见到他时，上海已经解放了。我忙于上海总工会的工作，复旦新闻系助教的任期虽然未满，也不得不离开。望道老师对我完全支持。只是从这以后，我也就失去了在望道老师身边的机会。1953年，我调北京工作，与他见面机会更少。只有他到北京开人民代表大会时，我才有机会去看看他。"文革"后，"四人帮"被粉碎不过一年他就去世了。

光阴荏苒，望道老师逝世瞬忽已许多年。他用"洪溥大弟"的称呼写给我的信件和与我合影的一张照片也早在"文革"中失去了。他留给我的只剩下一些难忘的记忆了。

蒋蓝：您第一次见赵敏恒教授，有印象吗？

王火：我第一次见到赵先生，是在上海江湾复旦大学的课堂上。那是1946年暑假后开学上课的时期，我选了赵先生的"时事研究"课。赵先生有过《伦敦来去》《新闻圈外》《外人在华新闻事业》《采访十五年》等著作。单是一本《采访十五年》，在学生中的影响就很大。我找来细读后，增加了对他的了解，书中他采访的实例，使我很感兴趣，而且产生了一种崇拜感。记得我拿书请他签名，他签名后，说："当好记者，要学好一门外语。当好记者，是应当讲信用的。做记者要有所写或不写，要有所为有所不为。"

身为《新闻报》的总编辑，他来上课，每周三节课，每节三小时，都是排了一上午连续进行。一辆黑色别克轿车总准时把西装革履的他送来，从不迟到。他晚上要审稿，所以上课时脸有疲倦之色。

赵老师是南京人，是一位热爱祖国、驰名世界的中国记者。赵老师在采访报道方面有五个"第一"，享誉新闻界：他是第一个报道九一八事变的记者，第一个报道南京藏本事件的记者，第一个报道国联李顿调查团关于日本帝国主义占领中国东北"秘密报告"的记者，第一个报道西安事变的记者，第一个报道二战中开罗会议的记者。抗日战争时期，赵敏恒先后任路透社汉口分社和重庆分社的主任。有人称赞他"浑身是消息"，也有人说他是"大事记式的新闻记者"。陈望道以每月六百元的高薪，聘请赵敏恒任新闻系教授。赵老师的时事研究课，上课就像是举办一场新闻发布会。

所以，无论从哪方面来说，赵敏恒先生都是我学习的榜样。他的新闻名言是："好外勤，应当一生只干外勤；好编辑，应当一生只干编辑。做新闻记者的，不应当争名夺利，而应当求事业的成功。"这些经验之谈，一直影响着我。

蒋蓝： 您和赵先生最后一次见面，是在上海吗？

王火： 那还是1949年春节之后。一天晚上，我到《新闻报》报馆去探望他，主要是将他借给我的《伦敦来去》还给他。当时，他快下班了，我们就在报馆楼上的一个小会客室里，交谈了不到半小时。他说："你做助教可惜了！其实你做个特派员（记者）是出色的。假如以后有机会，你来《新闻报》行不？"但他沉吟了一下，又说，"不过，现在局势动荡，以后的事谁知道！"当时《新闻报》的销量第一，影响大，条件好，待遇高。他这样说，我表示了感谢，说："谢谢先生关心！"在我的印象中，他的思想倾向是很向上的。例如当时《新闻报》的副刊，他是请田汉等进步人士编辑的。他同我谈话，使我有平等、亲切的感觉。接着谈到形势，当时，淮海战役1月间已经结束，杜聿明被俘。天津已解放，北平傅作义接受了和平改编。蒋介石被"引退"，李宗仁代行总统职权……他说："国民党大失人心，没有前途！"又说，"国民党想'划江而治'我看办不到！"他还幽默地说了两句话："文官武官都要钱也要命，百姓不会拥护这种政府的！"说话时他笑了，我也笑了！

本来可能还会谈一些，但忽然他的夫人谢兰郁女士急匆匆地来了，似有什么事，我就起身告辞。谢兰郁女士当时属于社会名流。我听人说，抗战时期她就热心妇女慈幼工作，是社会活动家。我是第一次见到谢师母，她仪表好，穿着也讲究，彬彬有礼。我同他们握手匆匆离开，但未想到这竟是见赵敏恒先生的最后一面。我以为是一次普通的告别，哪知道竟然是诀别。

蒋蓝： 在您的不少回忆文章里，储安平先生显得较为特别。

王火： 我记得很清楚的是储安平教授比我大十五岁。按此推论，他生于1909年该是没有错的。如果他仍在人世，应该是百岁高龄了！第一次见到他，是在搬迁回到上海江湾原址的复旦大学新闻系，他是教授，我是学生，那是1947年上半年的事情。

蒋蓝： 1946年抗日战争胜利后，储安平先生从重庆顺利回到了上海。他到迁回上海的复旦大学新闻系担任教授，同年9月1日主办《观察》周刊。

王火： 他所创办并主编的《观察》周刊在社会上颇有影响。他在新闻系开一门课，名为"报刊评论写作"，与"中文新闻写作"及"英文新闻写作"同属于必修课，当时大学实行学分制，这门课占两个学分。我同系同班的同学读这门课的不少，大部分是慕名求学的。他不但是"言论报国"的实践者，更强调评论的特色：选题的针对性，论证缜密有理有据，语言凝练犀利，富有感情等。记得课堂上，他总是提醒我们写东西要"语不惊人死不休"，不能太过平淡。这些教诲，我一辈子都受用。

蒋蓝：在您的新闻实践里，萧乾先生对您影响很大……

王火：复旦大学的老师里，萧乾先生对我的影响最大。萧乾和他的英国夫人格温从英国回国，他们是牛津大学同学。夫妇都在复旦大学教书，格温在外文系教英国文学。那时，萧乾有四个身份：教授、著名战地记者、文学家、翻译家。萧乾先生教了我两年，他作为二战随军战地记者，亲历过诺曼底登陆等重大国际事件，他是真正的大记者。他经常引用20世纪优秀摄影记者罗伯特·卡帕的话教育引导我们："如果你的照片不够好，是你离战火不够近……"当时萧乾主讲英文新闻写作课，我特别记得萧乾老师指出过新闻与文学的辩证关系：一般的新闻生命力总是很短暂，优秀的记者要努力将原本只具有短期生命力的新闻，变成价值持久的历史记录，那就是加入大量历史、文学知识的"防腐剂"……这些都让我受益匪浅，并成了我一生写作的座右铭。我希望自己能像萧乾、"大兵记者"恩尼·派尔那样，成为一名战地记者，为公平、正义鼓与呼。

印象深刻的是，我头一回见到萧乾先生，是在一个大雨倾盆的日子。那天，下课时正下着急雨，教室走廊的屋檐上流下的雨水哗哗响，他在藏青色西装外披着一件战地记者用的绿色军用风雨衣，冒着雨匆匆走了，步伐轻快敏捷，仿佛有什么重要的事要去办。那个雨中远去的背影至今清晰如在眼前。

记得他选过一些英文新闻报道作教材，给我留下深刻印象的一篇，题目是《赫斯吃鸡》。这是一篇用杂文笔法写的新闻报道，有英国人的那种幽默、讽刺和调侃。萧乾先生讲这一课时，谈到了他在西欧采访的旧事，谈《赫斯吃鸡》一文时，很强调语言技巧，要我们善于用文学语言写新闻。

萧乾先生没有我们想象里的"绅士派头"，平素我总称呼他为"萧先生"，而他最喜欢的大概是我这个学生了。他对待学生并不严厉，总是笑容满面的，他对人都很好，比如，他上课就从不点名。他的外文很好，但是他的英文发音"很难听"。我曾经主动去接近他，因为我很佩服他。我想，我将来要做他这样的人。那时我读过他的一部长篇小说……

蒋蓝： 应该是描写20世纪30年代初期，一对青年男女的爱情悲剧的长篇《梦之谷》，首次出版于1937年。《梦之谷》是萧乾小说的代表作，也是他唯一的长篇小说。

王火： 唉，现在我连名字都忘掉了。当时我找来看了以后，写了一篇评论发表在报纸上，这就引起他注意了。毕业那会儿，陈望道先生选择我当他的助教。我当时还想，要是我能像萧乾先生那样，一辈子干新闻，多好啊。

1983年我到四川人民出版社任副总编辑分管文艺，当时出版社出版《萧乾选集》四卷本，萧乾先生同我开始通信。为全面了解情况，我特地将已发排了的第一、二卷校样调来过目。第一卷是长篇小说和短篇小说。于是，我又重新读了《梦之谷》。现在回想：第一次读时，是纯粹抱着仰慕和学习态度读的；第二次，是以编辑身份抱着审阅态度读的。如今，我第三次细读《梦之谷》，则是抱着赏析态度读的，当然也还是学习。大约在20世纪80年代末，我收到傅光明的来信，说萧先生请他约我完成一篇评《梦之谷》的文章，我不禁想到了大学时代那次同萧乾先生谈《梦之谷》的往事。1991年，我写出《发自肺腑，魅力长存——关于萧乾的长篇小说〈梦之谷〉》一文，刊发在1992年第一期的《四川大学学报（哲学社会科学版）》上，后被编入《萧乾研究论集》。我遵循的是萧先生所说的"怎么想就怎么写"的原则，也算是了却一桩几十年前的心愿。

1987年初夏，萧先生夫妇到成都，住红星中路红星旅馆。我专程前去看望。他见到我时很激动，第一句话是："你看，我老得不成样子了……"确是这样！岁月与坎坷无情！当年在我印象中那位生气勃勃、英俊开朗的萧乾老师现在已是苍老、行动迟缓、面色不好、头发灰白的老人。除了笑容，他那有名的亲切和蔼、老带点儿童心的笑容未变，别的都不一样了！见到他，我心里酸酸的。那个第二次世界大战时生龙活虎地在国外驰骋的战地记者哪里去了？！那个在大学讲台上广征博引使学生倾倒的年轻教授怎么这样子了？！那个爱书写书又编书的作家编辑出版家好衰老啊！我只知他1981年动了手术，余下的肾只有常人四分之一的功能，他心脏也不好。我感到沉重和语塞，只匆匆同他和文师母合影后就分手了。

所幸，他的精神状态并不老。他的书不断出版，作品不断在报纸上发表。以后，我们通信，我常收到他的赠书，除通信外，我每到北京总去看望他和文师母。听萧先生谈话，总欣慰他精神不老、思想不老。他似是特别关心和思考中国的知识分子问题，常常话题不离知识分子。他又历来是个爱国者，一直关心国内外大事，总是认为知识分子应该是一个国家的良心，知识分子应当发出自己的声音。国家应当听取知识分子的声音。我每次同他见面谈心或通信也常受教益。

我记忆里特别深刻的是，萧乾先生把记者分为三类：一是采访时，表面上并没有怎样记、没有怎么用心，结果写出来的文章却相当翔实生动，富有打击力，事半功倍；另外一种记者，虽然也能达到这样的效果，但很勤奋，很用心，做什么事情都是孜孜不倦；还有一种，是相当努力，相当用心，相当勤奋，但结果总是事倍功半。他夸奖我是"第一种记者"。其实我哪是！我知道，这是他对后学后进的我的鼓励、勉励和爱护。

1949年，我获得了去美国哥伦比亚大学新闻学院深造的全额奖学金。但思考再三，我还是放弃了这一机会。当时新中国即将成立,我想要留下来与大家一起见证、一起建设新中国,我不愿错过这么一个机会。

蒋蓝: 您与萧乾先生最后一次会面是在什么时候?

王火: 1988年,北京召开第五次全国文代会期间。与中央领导同志合影那天,萧先生穿一套西装来了。我扶着他走了一小段路,发现他身体虚弱、疲乏。但他脸上仍旧总是露出他那标志性的笑容。最后一次见到他,是1998年的5月,我和妻子起凤到北京医院看望他和文师母,他坐在那里,表示很高兴。事先我问过医生。医生说身体状况不好,别多同他谈话,我就不让他开口。自己也不说什么。一会儿分别时,他依然要送好些新作给我。但赠书已是由文师母代他签名了!正因如此,以后我远在成都不能常去看望,也不愿写信或打电话打扰,却时常记挂着他,关心着他。他过九十寿诞的那天,我打长途电话到北京医院和他在复外的住所,想表示祝贺,但均无人接。谁知2月11日,萧先生就病逝于北京医院。数日后,我才与文师母通了电话。

老师生前一直关心我写的长篇小说《霹雳三年》,这部小说,1999年第一期《当代》刊登将近二分之一的内容,3月份由人民文学出版社出版单行本。但老师已经驾鹤西去，未能见到了。

蒋蓝： 请您讲一讲《霹雳三年》这部作品。

王火：《霹雳三年》是我在获得茅盾文学奖后，于新中国成立五十周年之际，完成的又一部具有较强的现实性、内容厚实而又有一定艺术追求的新作。写的是1946年6月至1949年6月在中国大地上发生的惊天动地、风霜煎熬的解放战争史。我曾经说："腐烂了的政权结束了，崭新的时代开始了，它在中华民族的历史上是不该也不能被遗忘或忽视的三年。"我的设计是，一对年轻男女，都是新闻记者身份的夏强和丹丹，以那三年的上海和南京为主要活动空间。小说讲述的是这两位年轻记者恋人的热血青春，从大上海十里洋场的暴风骤雨写起，到20世纪50年代后的坎坷曲折，最后止于80年代新时代的生活。我使用了较为浓郁的笔法，着力描绘了那一场举世震惊的方生与未死、光明与黑暗的大搏斗。在解放战争节节胜利的大背景下，国民党统治下的南京发生了经济崩溃、民不聊生、伪国大贿选丑剧，而地下共产党人英勇奋斗，爱国民主人士和热血青年奋起抗争……

这就是：用记者笔法写我熟悉的记者生活。用我的经历，那三年纷繁复杂、火热沸腾的现实情景生动真切地一一呈现在读者面前。甚至有读者问我："小说是写的你自己吗？"在这一本书里，或多或少都会看到我自己当年的影子，其中有很多我直面现实的凝重思考。如同《战争和人》一样，《霹雳三年》也确实有我直接和间接的生活，也有众多我所熟悉的人物的影子。艺术作品的个性、独创性和不可替代性，是我多年来从事小说写作一贯的艺术追求。在《霹雳三年》中，我致力追求的依然是使自己拥有的"独特生活小说化"，并有意让它节奏快一些，纪实色彩浓一些，干脆简洁，以鸟瞰的笔法，以求和现在读者的距离更近一些。

当时，我感到《战争和人》还没有完全"耗尽"我的经历与情感储备。写《霹雳三年》，决定胜负的战争放到背景上去了。我沉浸在历史长河中，真实地写那三年中人的思想感情，人的心灵和命运，通过人的种种见闻和遭际，用人的悲欢离合和生死考验来再现逝去的峥嵘岁月,回溯那段艰难崎岖的历史，用当时一些形形色色的人物，希望精练而厚实地来展开那矛盾丛聚、险象环生的社会环境、广阔的社会生活面及许多印象深刻的事件。

但是,《霹雳三年》与《战争和人》的用文学打开历史的方式还是一样的。它同样是一面映现历史的镜子。以史为鉴,可以明是非、辨美丑、知兴废,尔后方可选择正确的道路,创造中华民族美好的今天和更辉煌的未来。

蒋蓝:萧乾先生曾经在《读小说〈战争和人〉》一文里指出:"王火在继承中国古典小说传统的基础上,又吸收了现代小说写作技巧。"换句话说,《战争和人》将现代意识注入现实主义创作手法,从而塑造了独特的史诗品格。从内容丰富度而言,《霹雳三年》没有《战争和人》那样广阔的域度。具体到新闻职业,显得有点儿局限或单纯。然而正如您所预期的那样,这部作品留下了那个年代很多生活细节的记录。至于这种单纯,渴望让人心复杂的当下读者向往那个年代,或许恰是您的希求,那种纯真的性灵,是那个年代最可宝贵的。或者可以这样理解,《战争和人》是一部现代中国战争的鸿篇史诗,《霹雳三年》则是青春与爱情的血色浪漫史。

王火:谢谢!可惜的是,萧乾先生生前没有看到这部作品。如果他在天有灵看到了,不知道是否满意我这个学生的时代答卷。

萧先生去世后,我常想念他。1999年6月到10月,我在英国住了四个月,我的住处离伦敦市区只有十几分钟路程。在伦敦经过舰队街时,我就想起萧先生1944年曾在这里设立过《大公报》驻伦敦办事处;坐地铁时,我就想起二战中伦敦遭德寇大轰炸,萧先生曾在地铁站台上过夜。尤其是到剑桥,我更不能不想起萧先生。他的名篇《剑桥书简》和《负笈剑桥》使我对剑桥变得熟悉而不陌生。我在皇家学院门口摄影留念,心里想:1942年到1944年萧先生曾在这里听课,1986年他重返剑桥时,曾到这里的绿草坪上同他当年的老师见面……处处无声,处处留痕!

蒋蓝: 您在复旦大学期间,还结识过不少革命人士……

王火: 大学时期,我认识了南通人陈展(本名陈焕民),他的革命者身份我当时就猜到了,但都不点破。你问我怎么认识的?是我堂兄王洪泽介绍我们认识的,陈展是堂兄在南通的中学同学,曾担任过共青团南通中心县委组织部部长。记得当时堂兄告诉我,这个人"很神秘,抗战前就被捕过"。

陈展以商人身份为掩护,实际为共产党进行地下工作。后来在我的介绍下，他与我家一位在南通经商的亲戚汪国华结识，创办了地下兵站"笙记行"，在上海秘密采购医药、钢铁、纸张、五金等解放区急需物资，然后打通关节运往苏北解放区。

他交代的事情我都尽力去做。我们走得很亲近，我接受了他很多进步思想的熏陶。那时，我利用父亲的特殊背景，以及准岳父凌铁庵这位辛亥革命元老的影响力掩护过陈展，做过一些对共产党有益的工作。具体地说，我还和母亲李荪一起营救过危难之中的陈展。

那还是1948年深秋，地下兵站"笙记行"被敌人破获，陈展也被捕入狱。因为案情重大，陈展被押送到南通第一绥靖区司令部接受军法审判。第一绥靖区副司令官顾锡九兼任南通指挥所主任，他是时任参谋总长顾祝同的堂弟，手下有六个团，经常在苏北"清乡"，军法处属他管。我们罄尽家中所有积蓄，汪国华也送来金条和银圆，我和母亲坐夜船去南通营救陈展。

蒋蓝：您在回忆录里提及，甚至求凌老亲自出面营救，可还是不行。

王火：的确如此。那是一个寒冷的冬天。我和母亲船行一夜，朝阳初升时分抵达南通港。江面一抹通红，岸上很是嘈杂，一些军装不整的零散士兵夹杂在衣衫褴褛的农民中间，一派兵荒马乱的景象。我们在南通城里的吉祥旅店安顿下来。住店的时候要登记身份，填"记者"太惹眼了，便在职业一栏填写为"商"。旅店老板是一个脸色蜡黄的瘦个子，后来我才知道，"捞人"才是他的主要生意。他很快打听到，陈展是重犯，可能要判死刑。

几经周折，我们花了八十块大洋，终于见到陈展。他被关在单人小牢房里，牢房又潮又暗，霉味臭味冲天。陈展戴着镣铐，头发蓬松，衣服邋遢，络腮胡长长的，身体十分虚弱。

摊牌的时间到了。军法处长周上校穿着棉军衣，剃着光头，赤膊上阵谈价钱。他说："陈展给'共匪'运送物资，肯定是共产党，要判死刑。"我和母亲连声替陈展喊冤辩解。周上校突然话锋一转，指着我说："此事可大可小，就看你们会不会办事。明晚9点来我家谈。"

次日，我准时去指定地点与周上校谈判。这家伙心黑，竟提出要五十两金子买陈展人头。买卖双方三次讨价还价后，最终以二十四两黄金成交。陈展的"人头"总算买下来了。

保释出狱后，我们随后设法将陈展送去了解放区……经陈展安排，1945年2月我甚至冒名顶替成为中共代表团的成员，与乔冠华、华岗等人同乘马歇尔的飞机抵达上海，再去南京把我家老宅提供给新华日报社无偿使用……

蒋蓝：这个过程，您以往没有详谈过……

王火：除了陈展安排外，我父亲也安排过一次。两次都是与当时《新华日报》的人同行。后来才知道，飞机上那个笑声爽朗的高个子，原来就是大名鼎鼎的乔冠华。

《新华日报》是中国共产党创办的第一份大型日报。1949年4月23日人民解放军占领南京后，《新华日报》作为南京市委机关报在南京恢复出版。关于《新华日报》，这里要提到一段我以往很少提及的往事。父亲早年在南京购有一套别墅，平时很少使用。后来与地下党有接触了，他慨然把房子提供给新华日报社无偿使用。当然为掩当局耳目，也签订了一个租赁合同。

具体过程是，1946年2月，陈展来到北碚夏坝复旦大学找到我，说《新华日报》想在南京出报，能不能租用我们家的房子。当时我家在上海、南京均有住房，其中南京的住房位于玄武门洞庭路10号，为两幢三层楼的西式房子，还有一个占地两亩的大花园。当时，人们不敢把房子租给共产党，因为军统特务随时会对房主下手。陈展希望我一同坐飞机回沪处理，我考虑到当时不是假期，不可能离开学校很长时间。陈展说，乘美军飞机去，事办完了仍坐美军飞机回来。2月20日，我跟陈展从重庆白市驿飞机场搭乘美军军调处执行部的大型银色四引擎C-54运输机飞赴上海。在机场，我认识了曾家岩周公馆负责人之一的祝华，并见到了潘梓年（重庆《新华日报》负责人）、华岗等。抵达上海后的第二天，我就和陈展、祝华一同去南京落实租房事宜。

多年后，陈展在他的回忆录《在沪宁筹办〈新华日报〉》中记录道，当时王家的两幢楼房，前面一幢被日本人损坏严重，后面一幢依然可以居住。花园则早已经荒芜了。这地方环境清静，房屋如将前幢修复，也颇宽敞。于是，跟我商定，前幢住房由《新华日报》代为修理，修复后住三年。三年之后，再付租金。这是参照十八集团军在红岩办事处的做法。后幢房屋也一样由《新华日报》租用。这一地处南京玄武门洞庭路10号的两幢房子，就这样定了下来。

这个时间我特意查阅了，《新华日报》在南京出版是

1949年4月30日。但应该追溯到1937年秋和1946年夏。那时根据党中央、毛主席的决定,在周恩来的直接领导下,共产党曾先后两次在南京筹备出版《新华日报》,由于国民党反动派的阻挠破坏,未能实现……

后来我才知道,陈展是中共南方局地下党成员。新中国成立后,陈展在上海工业战线工作,先后担任上海金刚机器厂军代表,上海市军事管制委员会驻上海钢铁公司军事特派员、党委书记,后历任华东工业部矿冶工业管理局副局长、华东钢铁公司副经理,上海机床公司党委书记、经理,上海设备成套局副局长等职。陈展于1996年去世。那些风雨如晦、鸡鸣不已的岁月啊,仿佛就发生在昨天。

蒋蓝:您多年前特意谈到过马克思主义对您的影响。

王火:那是1998年全国马列文论研究会成立二十周年暨十六届年会上,我发言说,五十多年前我上大学时,为了确定自己的信仰与人生道路,遍览各种"主义"的书。那时,三民主义是必修课,共产主义的书是禁书,但地下党的同志悄悄送马克思主义的书给我读。我也订阅了《新华日报》并从大后方的新华书店里购到毛泽东的著作等;我在大学图书馆里,连德国国社党的章程、纲领都找来读了。经过比较鉴别挑选，我终于选定了马克思主义作为信仰，选定了跟共产党走作为我的道路。这篇题为《"主心骨"与"金钥匙"》的文稿，发表在《文艺理论与批评》上，后来被《求是》转载。

蒋蓝：您那时那么忙碌，读书、新闻采访、文学写作、置身抗战……真是席不暇暖。

王火：那时我最爱读的是《大美晚报》的副刊《夜光》。编辑是朱惺公，又名松庐，江苏丹阳人。他宣传抗日，发表了《中日关系史参考》《民族正气——中华民族英雄专辑》《明代何以能平靖倭寇》《汉奸史话》……在上海广为流传。汪伪76号特工部对他发出恐吓信——还附了一粒子弹。朱惺公毫不畏惧，反而在《夜光》上撰写了一篇《将被"国法"宣判"死刑"者的自供》作为答复。两个月后，特务用"铲共"的名义将他杀害。朱惺公并不是共产党员，而是爱国深切、宣传抗日的有识之士。他死之前在《夜光》上写了一首七绝诗明志，有"懦夫畏死终须死，志士求仁几得仁？"的名句。我和同学得知后难过得流泪，凑钱捐给朱惺公的遗属，我写的挽联是：

黄浦江畔哭义士，死为鬼雄，先生应升天堂；
上海滩头恨暴徒，生是人渣，汉奸该下地狱！

蒋蓝： 您在这个时期，文学写作的成果如何？

王火： 也就是这个时期，我对文学写作产生了浓厚兴趣，开始进行文学创作。相继用"公亮""虚舟""马力"等笔名，在重庆《时事新报》以及上海《大公报》《文汇报》《万象杂志》《时事新报》《现实》《世纪评论》《前线日报》上发表了《上海滩的潮汐》《泛滥京沪的学潮》《匮乏之城》《苦难中的江南造船厂》《上海在不景气中》《漫天风雪话江南》等特写、散文、小说、评论及新闻学论文。

蒋蓝： 您现在正在整理的这些书信、史料，还有20世纪40年代的剪报，都出自您手吗？这些经历和素材，是否为您今后的文学创作奠定了坚实基础？

王火： 这是人生的重大机缘：1946年我在复旦大学新闻系读大三，新闻系王研石教授给了我一份工作——以驻上海、南京特派员的名义，前往南京，采访报道国防部审判战犯军事法庭对于日本战犯的审判。

采访日本战犯的审判过程，非常重要，这也体现出新闻系对我的重视。具体说，我同时担任三家报刊的记者：上海《现实》杂志记者、重庆《时事新报》和台湾省报《新生报》驻上海、南京特派员。我由此开始了对南京大屠杀持续两年的追踪报道，成了当时第一批揭露报道南京大屠杀的记者之一。

作为特派记者，我写了很多稿。《匮乏之城——上海近况巡礼》《我所看到的陇海线——换车误点旅客饱受辛苦，沿路碉堡使人触目惊心》等长篇通讯、特写时时见诸报端。作为第一批报道南京审判、南京大屠杀的新闻记者之一，我率先采访报道了因抗拒被侵犯而被日军刺了三十七刀的南京大屠杀幸存者李秀英等人。

记者生涯话新闻

蒋蓝：如今，您的记者身份往往被小说家身份所笼罩或遮蔽，文学荣誉也让读者容易忽略您记者出身的事实。但实际上，认识和了解您，更需要意识到记者身份对您写作产生的重要影响。比如，因为您的报道，李秀英成了研究南京大屠杀绕不过去的人物。

王火：记者，尤其是我以特派记者身份在抗战胜利之际采访一系列人物的经历，可谓是我一生的奇遇。如果没有这些采访，后来的写作就很难说了。

1946年，我在南京国民政府国防部小营战犯拘留所见到了谷寿夫。据中国第二历史档案馆资料，"谷寿夫是日军第六师团师团长，在谷寿夫部队驻南京之期间内，纵兵肆虐，以剖腹、枭首、轮奸、活焚等残酷行为，加诸徒手民众迁夫无辜妇孺。穷凶极恶，无与伦比"。

次年2月，我以记者身份参加了谷寿夫的公审。我在为《时事新报》撰写的报道中这样写道："楼上楼下，座无虚席，据统计，旁听人数两千人左右。"公审中，检察官起立宣读了长达四千余字的起诉书，并补充道："略谓京市大屠杀，历时数月，区域包括城郊城内，被害者数十万人。"尽管有幸存者和纪录片为证，谷寿夫仍然强调他不应为南京大屠杀负责。我见证了公审时的群情激愤，"四周嚷嚷愤慨之声不绝"。

审判战犯前，当时的军事法庭在南京的大街小巷张贴布告,希望南京大屠杀受害者出庭作证,但出庭作证的女同胞不多。日本战犯谷寿夫的审判当日,不少南京大屠杀受害者出庭作证。一个满脸刀伤的少妇,用围巾半遮着自己的脸,在家人陪同下走进法庭,为侵华日军在南京犯下的罪行作证,她就是李秀英。当时并不是所有人都有勇气站出来,尤其是受辱的女性。李秀英能主动出庭作证,引起了我的注意。通过一系列艰苦采访、考察、写作,我在上海《大公报》和重庆的《时事新报》上,以笔名"公亮"发表了长篇通讯《被污辱与被损害的——记南京大屠杀时的三位死里逃生者》,报道了李秀英等人在侵华日军南京大屠杀期间的不幸遭遇,轰动一时。

蒋蓝：我查阅了史料,是1946年11月4日的《大公报》,刊发了您的长篇通讯。署名"公亮"。

王火：谢谢。1946年3月10日,法庭对谷寿夫作出宣判,判处死刑。判决书中认定:"计我被俘军民,在中华门花神庙、石观音、小心桥、扫帚巷、正觉寺、方家山、宝塔桥、下关草鞋峡等处,惨遭集体杀戮及焚尸灭迹者达十九万人以上,在中华门下码头、东岳庙、堆草庵、斩龙桥等处,被零星残杀、尸骸经慈善团体掩埋者,达十五万人以上,被害总数共三十余万人。"

蒋蓝：请您详细谈一谈长篇通讯《被污辱与被损害的——记南京大屠杀时的三位死里逃生者》。

王火：在1946年的秋冬至1947年的岁初，我曾与南京大屠杀的几位幸存者有过深入的对话。岁月流转，那些记录着访谈的笔记本可惜已不在了，许多名字也随之消逝在记忆的长河中。然而，这三位幸存者的形象和他们的故事，却如同刻在我心上的烙印，难以磨灭。这种记忆的深刻，既源于当时对话的震撼，也因为我曾为他们的命运撰写过一篇文章。该文于1947年在上海《大公报》上发表，虽然我保存的剪报也已遗失，但那份历史的见证，白纸黑字，一定能在《大公报》的档案中找到。

其中一位幸存者，名为梁廷芳。

1946年冬季，他曾站在远东国际军事法庭的证人席上，控诉松井石根及其部下在南京犯下的滔天罪行。梁廷芳，这位出身行伍的壮实中年男子，以其朴实无华的叙述，让我感受到了历史的沉重。他曾是保卫南京城之战的担架队队长，城破之后，逃入难民区。日军的搜查队将他从难民中揪出，以手上的老茧为由，将他与其他数千人一同押至下关江边的中山码头，机枪扫射，集体屠杀。梁廷芳跳江逃生，肩头中弹，从死人堆中爬出来，躲藏数日，终逃一劫。我与他的对话，发生在南京国防部小营战犯拘留所的接待室内，当时检察官陈光虞正与他取证，为审讯日本战犯谷寿夫做准备。梁廷芳的证词，在法庭上具有不可估量的分量。他的故事，也成了我后来创作长篇小说《战争和人》三部曲中尹二在中山码头脱险的原型。遗憾的是，当我在1990年12月重访南京时，梁廷芳已离世，令人唏嘘不已。

第二位幸存者，陈福宝，他的故事同样给我留下了深刻印象。南京大屠杀期间，他只是个十来岁的孩子。他曾被日军从难民区抓走，目睹了日军的屠杀。由于年幼，他最终逃脱。后来，他又被日军捕获，与其他几十人一同被捆绑至五台山下，准备被屠杀、活埋。在日军命令下，他们被迫挖掘自己的坟墓。陈福宝因力小未能完成任务，被日军摔打至晕厥，日军以为他已死，将他遗弃。他醒来后，得以逃生。陈福宝的亲戚在新街口开照相馆，大屠杀后，一个日本兵来冲洗胶卷，全是屠杀奸淫的照片。亲戚秘密地加洗了一套，作为将来的罪证。1947年2

月，我在检察官陈光虞处见到了这些照片，当时感到毛骨悚然，义愤填膺。陈福宝也曾到远东国际军事法庭作证。在公审谷寿夫前，他带领检察官陈光虞等人来到五台山下寻找指证当年日寇活埋中国人的地方，挖出了一批发黑的骸骨，我是在场的记者之一。

1990年12月我重游南京，打听陈福宝的下落，却已无人知晓。岁月悠悠，人事代谢，何处寻觅？

第三位幸存者，是一位令人尊敬的女性：李秀英。1947年初，我在南京采访她时，她由丈夫陪同，勇敢向我讲述了她的遭遇。

李秀英祖籍山东，1919年出生于南京。1937年3月，李秀英与上海川沙县政府的无线电技术员陆浩然结为夫妻。南京破城之前，李秀英已怀有七个月身孕，李秀英的家也在这场战争中被炸毁，为了保护妻子和腹中的孩子，陆浩然临走前把妻子送到了南京岳父处。这年12月，日本进攻南京，李秀英与父亲一起躲进南京国际安全区的美国教会学校的地下室避难。李秀英回忆说："12月12日夜里，我听到外面有轰隆隆的打枪打炮声，第二天外面突然安静，透过地下室的气窗，我看见外面已经飘起了日本国旗……"七个日本兵搜查地下室发现了她，准备强奸。为了不受侮辱，她以头撞墙自杀，不料头破血流昏死在地，见状的日本兵走了。但她醒后已经是第二天，又来了三个日本兵，其中一个上来动手要解李秀英的衣服……她趁机握住日本人腰间刺刀的刀柄夺刀。日本兵反应很快，也立刻握住刀柄，两人开始争夺起来……她自小跟习武的父亲学过武术，就同日本兵拼死搏斗，一口咬住日本兵的胳膊。日本兵疼得哇哇直叫，结果李秀英的脸上、身上被刺了三十七刀，日本兵扬长而去。剧烈的疼痛使李秀英昏了过去，之后发生了什么事情她也不知道了。李秀英的父亲回来后发现女儿满身是血，一动不动，以为她已经死了，十分伤心。他找来几个邻居在山上挖了一个泥坑，准备将女儿安葬，但当他们把李秀英抬到门外的时候，由于冷风的刺激，李秀英竟奇迹般苏醒了过来，哼了一声。她被父亲送进美国教会开设的鼓楼医院抢救。为李秀英做手术的是外科大夫威尔逊，他细心地帮助李秀英缝好了脸上的伤。李秀英的性命留住了，肚里胎儿不幸流产。当时在南京的好几位西方人士对此有详细记载，时任国际红十字会南京委员会主席的美国传教士约翰·马吉拍摄了李秀英受伤的照片，告诉她："你好好休养，将来你会是一个很重要的历史见证人。"

　　李秀英受害后，能在丈夫陪同下主动出庭作证，这引起了我的注意。庭审之后，我主动约李秀英采访，我依旧记得，自己最初采访李秀英时她的模样，她本来应该是一个端庄俊秀的姑娘，但我看到她时，她的面部近似电影《夜半歌声》中的主人公宋丹萍，鬼子兵用刀割损了她的鼻子、眼皮、嘴唇和面颊。她用一条长长蓝灰色围巾包裹住大半张脸。听到李秀英讲述不堪回首的血腥恐怖的经历时，我浑身冰凉，血液却在体内沸腾燃烧。她落泪了，我的心战栗，眼眶也湿润起来。我前后数次对话李秀英夫妇，并实地勘查验证。夫妻俩不厌其烦的支持协助，令我十分动容。她不仅是南京大屠杀受害者和幸存者，更是英烈奇女子。

　　《战争和人》第一部里塑造的在南京大屠杀惨案中宁死不屈的庄嫂，其原型就是李秀英。我是这么写的：

　　　　她下了决心，一咬牙，自己用右手的食指猛地插
　　　入右眼，她哼了一声，立刻将右眼珠血淋淋地挖了出

来，顿时血流满面了。绝不能忍受日本鬼子的侮辱!
她宁可瞎!宁可死!

在写出一系列南京大屠杀报道时,我只有二十三岁,李秀英大我六岁。由于采访印象深刻,我在《战争和人》三部曲中写到庄嫂在南京大屠杀中惊心动魄的遭遇,基本是根据当年对李秀英采访获得的印象写成的。我曾说自己的写作标准:"写一个真的、我亲身经历过的故事。不是我见过的、不了解的我不写。如果我用真名字写的人和事,那都是真的。我写南京、上海,人家就说我写得真像,因为我在这些地方生活过。"

后来呢,丈夫陆浩然与李秀英团聚了,看到妻子毁容的脸,他没有嫌弃,夫妻之间反而更加恩爱。幸运的是,李秀英并没有因为那场劫难而伤了子宫,在之后的日子里,她又陆续生下了九个孩子。

后来我听说李秀英在南京生活,仍健在,就托自己在南京工作的侄儿去医院探望,这引起南京一些媒体的关注和报道……在南京大屠杀发生六十年之后,1997年李秀英在中国政府的帮助下,对日本当年的战争罪犯提起诉讼,彰显了历史的正义。

1990年12月我到了南京，侵华日军南京大屠杀遇难同胞纪念馆的孙芷莉同志告诉我，她曾经采访李秀英老人时，老人告诉她："当年有一个年轻的记者访问过我，并且写了文章，可惜我忘了他的名字。"我想，那该就是我吧？我本想去看望她，叙叙旧，但因当时要匆匆去沪治病，未能如愿，至今遗憾。

蒋蓝：虽然您与李秀英未能再晤面，但从另一个角度来说，您不应该遗憾。这让我想起苏轼的《访散老不遇》："君来不遇我，我到不逢君。古殿依修柏，寒花对暮云。"因为您在七十一年前的文章中，就称赞李秀英"是日本战犯的死对头"，可谓是一个"精准预言"，因为李秀英老人数十年之后通过法律向日本右翼分子讨还公道。

王火：1991年6月，已故美国牧师约翰·马吉等人拍摄的《南京大屠杀》纪录片在美国被发现，其中就有李秀英负伤后满脸刀伤在医院治疗的情景，发布后引起广泛轰动。约翰·马吉自七七事变后写了十七封书信给妻子，真实地记录了自己在南京的所见所闻。他在影片场记单的引言中写道："必须小心谨慎地行动，摄影时千万不可让日本人看见。"毫无疑问这需要巨大的勇气，因此这些触目惊心的画面也显得弥足珍贵。约翰·马吉特别回忆："我从未想象过日本人如此野蛮，这是屠杀强奸的一周，我想人类历史上已经有很长时间没有发生过如此残暴的事了。他们不仅屠杀他们能找到的所有俘虏，而且大量屠杀不同年龄的平民，很多人就像在田野上被猎杀的兔子一样，从南京城南到下关区，尸横遍野。"

有了这些亲身经历，我对于日本右翼分子炮制出来否认南京大屠杀的《"南京大屠杀"之虚构》一书义愤非常，撰写了《对南京大屠杀的采访与思考》一文，其中专门用一节的篇幅驳斥此书，这与我反复说的"我只有一个目标，就是尊重历史"的观念高度一致。日本兵的刺刀刺杀中国同胞，我下笔也如刀，切出历史的真实一角于纸上留给后人，这些行为都能看出作为记者、作为作家的我，追求真相、尊重历史的职业素质。追求真相并不是看上去那么容易，人们太容易随波逐流，真正有辨别能力的人可能在人群中的比例很小，作为记者，就需要不被环境影响，哪怕身在随波逐流的人群中，也始终坚持做有辨别能力的人。

我以为，历史必将彰显公平与正义。

当然，那个时代的新闻检查也较为严格。比如，1946年夏天，我以重庆《时事新报》特派记者的身份在上海对日俘和日侨进行了深入采访。采访完之后写成新闻稿《访江湾日俘营及虹口日侨》，因为笔法太过尖锐，触犯当局忌讳而未被报刊采用。

不过，这篇我花费了很大精力的新闻稿，值得一说。

当时，日本投降了，一部分日军成了俘虏，在上海的都被集中收容在江湾。一部分日侨，集中收容在虹口。都由汤恩伯的第三集团军管理。我到达上海后，找到了设立在江湾的京沪区徒手官兵管理处。这是一栋脏兮兮的灰色三层建筑，据说原来做过日军的兵营。

在铁丝网围合的管理区里，我才了解到，在这里拘押的人不叫俘虏，而叫"徒手官兵"，这堪称一种"创造"，似乎是怕刺激日本官兵。对此百姓早有议论，弄不明白为什么当局对侵华、杀人放火的日本兵这么优待，把俘虏洗白成了"徒手官兵"！

当时，有二十七万多名"徒手官兵"归京沪区徒手官兵管理处管理，被拘押在上海江湾、南通、苏州、南京等处，正在陆续遣送回日本。匪夷所思的是，战犯们竟然有留声机，晚上甚至可以播放唱片，大肆跳舞。

这一批在江湾的日本官兵状态怎样？中方已遣返了多少日本人？我带着很多疑问，找到当时出来受访的管理处长王光汉。这个矮矮胖胖少将的回答令我心头一紧："七年的事我们打算十个月干完，现在已经送走很多日本人了。"他描述有的日本人在遣返船离岸时竟高喊："我们要回来的，你们等着吧！"我当时就意识到，低声下气的战俘只占一小部分，更多日本兵养成了以征服者自居的不可一世的性格，他们认为投降只是日本天皇的权宜之计，是为了避免本土遭受更严重破坏，以备将来重振国威。

当天中午，我接着又去位于唐山路虹口第三方面军日侨管理处进行采访。好几个日侨首先表示感谢中国的宽大处理，然后称这次战争是受了军阀之骗，"投降前，我们总以为日本海陆空军都是世界第一，没想到突然就战败了！真是受骗了！"

我意识到，原来日侨的认识只停留在这种程度，立即予以现场反问："世界第一就该侵略别人吗？你们只认识到受骗，却没意识到侵略有罪，认识不到中国被你们烧杀成什么样子！

你们带着现在的这种思想回去,将来说不定国家强大了,又要扩军向外侵略!"

特别值得一提的,是一个叫佐藤的自称是"研究黑热病"的专家,他曾在上海一家研究所研究黑热病。在我看来,此人极可能是研究细菌战的,但他死活不承认。

我与佐藤交谈,这个一直沉默而双目凹陷,脸上皱纹如同刀切一般的佐藤,面孔铁板,了无笑容。点名要他谈谈时,他冷漠而又艰涩地说:"很抱歉,我对政治问题不感兴趣!"

我问他:"你们日本是研究细菌战的,你研究黑热病是不是也同这有关?"佐藤很惶恐,干涩的脸上忽然反常地笑笑,显得很不自然。他掏出小手帕擦汗,说:"我主要是在研究'癞'病的治疗。中国有几百万人有'癞'病,日本也有几万人患此病。其实我并不一定想回日本,如果可能,我愿意继续在华继续研究'癞'病。"

他的话是真是假也说不准,反正这个人参与研究细菌战是完全有可能的。这样的日侨未做身份职业甄别居然也遣返?我觉得当时的国民党政府真是既荒唐也无能……这篇《访江湾日俘营及虹口日侨》,是我未能发表的长文,我感到很遗憾。

记得那天采访结束之时,有下雷雨的迹象,空气闷热难熬。我内心很激动,心里最大的念头就是,希望中国赶快富强起来。

抗战胜利后,我还见证过对日军战犯冈村宁次的公审,他被国民党包庇,竟判"无罪",遣送回日本。

我写过短篇纪实作品《公审冈村宁次》,发表在2015年的《当代》上。我从亲历1945年9月中国战区日军投降签字仪式写起,直到1949年1月冈村宁次被判"无罪"遣返回国。我总是难掩气愤:审判如此草率,日本右翼势力太猖狂了。

从日本受降到公审冈村宁次,中间整整拖延了三年。1945年8月15日,日本裕仁天皇向全体国民广播《停战诏书》,冈村宁次率领部属在南京投降;9月9日,中国战区日军投降签字仪式在南京举行。我回忆起,冈村宁次起立接过日军降书时表现得沮丧低沉。但此后冈村宁次长期被保护在南京一幢洋房里生活。远东国际军事法庭主持的东京审判,本来提出要将冈村宁次解赴东京取证,但因其受偏袒未果,直到1948年8月23日上午冈村宁次才首次在上海被公审。

当辩护律师唾沫飞溅,千方百计地为冈村宁次开脱罪责之时,旁听席上嘘声一片。当天中午宣布休庭后,下午我接着去旁听。没想到三个多钟头后，法庭宣布："由于证据不足，今天只审不判，审讯到此休庭。"这引来现场更密集的议论，我至今还记得，人们最大的疑问便是：包庇了这么久才公审一次，实在不光彩，这种公审实际上就是演戏！

1949年1月26日，军事法庭对冈村宁次进行最后一次公审。我以重庆《时事新报》特派员身份提前一天去申请记者旁听证，遭拒，法庭声称只请了《中央日报》、中央社记者。到了26日当天，我依然赶到塘沽路的市参议会大礼堂，但被宪兵拦阻。我事后听说，审判草率结束，冈村宁次竟被判"无罪"！而且到了当年1月30日，冈村宁次与二百五十九名日本战犯一起乘美国轮船离开中国，被遣送回日本。我悉数记录下公审现场的经历，以"王公亮"的笔名在报纸上发表报道。

我也见证了日军战犯酒井隆被执行枪决的现场，见证并记录了汉奸、汪伪政府官员梅思平被枪决的过程，写了抗战时期国民党几大汉奸（汪精卫、陈璧君、周佛海、梁鸿志、丁默邨、盛文颐等）的叛国经历……

蒋蓝：作家肖复兴撰文《百岁王火》里说过这样的话："可以说，王火是第一位报道南京大屠杀的中国记者。"

王火：不敢当！报道南京大屠杀的中外记者很多，我不过是集中报道了南京大审判的记者。我之所以要写下这段历史，是要让国人永远记住这段历史，但目的不是增加民族之间的仇恨，而是要让国人以史为鉴，明白一个道理：国弱民必被欺，国衰土必被侵。

有一个插曲可以说一说，当新闻记者的确让我"扬名"了。当时还有读者写信到复旦大学，称我为"王教授"呢。

不过，在1948年，我以优异成绩在复旦大学毕业。这时候，我已在上海东新书局出版了学术专著《新闻事业关系论》，有二十多万字，其中一部分为我的复旦大学新闻系学业论文。

第二章　家事国事天下事

在海上失踪的父亲

蒋蓝：有人以为，您一生对真相和真理的追求，应该与您少年时期的经历，尤其是父亲海上失踪有关。但这个事件，确实是您一直都未能得到解答的一个谜。

王火：父亲王开疆，字启黄，清光绪十六年（1890年）出生在江苏如皋（现江苏省如东县）北坎镇。他少年时由于贫困和受压迫，很早便萌发出救国救民的意愿。加上家遭火灾，资产荡然无存，父亲十五岁就背井离乡，自荐于一代名流张謇门下。1912年父亲考入中国公学法律系半工半读，成绩优异。

其间结识了当时正在上海从事民主革命运动的章太炎、马相伯、于右任等人，与他们一起投身辛亥革命运动。1915年前后，他积极参加讨袁斗争，在报上撰写讨袁文章，公开演讲反袁，险些被袁世凯的爪牙暗杀。后来父亲东渡日本，毕业于日本早稻田大学法科，是20世纪初期上海最早一批大名鼎鼎的律师。他在南京、上海、苏州等地相继开设的律师事务所，也是中国最早的一批律师事务所。

蒋蓝：您的父亲王开疆是中国近代著名的爱国律师，后来成为著名法学家，他的一生也是历经坎坷，终成大器。您可以介绍一下他早年的一些经历吗？

王火：父亲自荐于一代名流张謇门下之后，张謇对他几经考察，委为南通县渔团团练，当时他年仅十六岁。他勤学肯干，后来进入大生资本集团担任高管。张謇进一步想将父亲调到垦牧公司任要职，但父亲心系家国命运，决定去上海考大学。张謇十分尊重父亲的决定，筹集多方资助，给我父亲壮行。张謇先生是我父亲少年时遇到的贵人，他对我父亲无条件的帮助，令人感怀和尊敬。

蒋蓝：张謇在实业、教育业方面，都获得了相当的成就，还资助后辈进学，确实值得后人敬仰。您的父亲离开张謇考入中国公学法律系，在很年轻的时候就参加了革命运动，这一段时间，他经历了什么事？

王火：在那个风云变幻的年代，我的父亲，剪去了那象征着旧时代的辫子，踏上了前往上海的路途。他以坚韧不拔的意志，考入了中国公学的法律系，一边在生活的边缘挣扎，一边在知识的海洋中遨游，成绩斐然。在那个时期，他结识了章太炎、马相伯、于右任、邵力子，与他们一起，参与了那场改变中国命运的辛亥革命。

随后我父亲在南京、上海、苏州等地开设了律师事务所，成了国内最早一批律师中的佼佼者。1915年，他勇敢地站出来，反对袁世凯的独裁统治，他的文章和演讲激荡着时代的风云，他几乎因此丧命。在那段艰难的日子里，他逃往日本，避难于早稻田大学，继续深造法律。

归国之后，他没有放弃对政法教育的执着追求，与朋友们一同努力恢复了具有革命传统的中国公学。他在中国公学、南方大学担任系主任，同时在上海大学、暨南大学等学府传授知识。他还与徐谦共同创办了上海法政大学，徐谦担任校长，而我的父亲则是校董和法律教授，偶尔也会担任校长一职。在南京，他还与朋友们一起创办了文化学院，培养了像史良、杨之华这样的杰出人才。

在那个动荡的时代，邵力子在上海创办的《民国日报》成了革命的号角，却也常常遭受租界当局的打压，甚至被迫停刊。我的父亲以律师的身份，勇敢地在法庭上与租界当局抗争，最终使《民国日报》得以复刊。

1927年北伐战争胜利后，于右任出任监察院院长，他推荐我的父亲担任国民政府法官惩戒委员会的秘书长。后来，我的父亲又被任命为中央公务员惩戒委员会的专任委员，直到1937年初才卸任。1936年，我的父亲还当选为国大代表。抗战爆发后，他与朋友们一起创办了三吴大学，为抗日救亡活动提供了掩护。在此期间，他曾写下悲壮的七律《伤时》：

> 镜里才觑白发新，梦中又听铁蹄声。
> 山河破碎空悲切，孤岛沦亡暂寄身。
> 宗悫长风须振奋，元龙豪气敢消沉。
> 沧江岁晚浑无赖，且把行吟涤泪襟。

应该说，诗歌体现了他忠贞的爱国之心。

在我十多岁时，父亲同我母亲李荪离婚了。之后前后娶了两个妻子，第一个北师大毕业，对我比较友善，可惜早逝；第二个蛮不讲理，在父亲牺牲后争占财产，将我赶出家门。我投奔了生母李荪……那时我刚十六岁……这些往事与人物，我都写到了《战争和人》三部曲中。

蒋蓝：这可谓是艰难困苦，玉汝于成！苦难也磨砺了您。

王火：1939年秋季后，父亲曾与时任三吴大学校长的聂海帆谋划重开中国公学，但因为中国公学有过一段革命历史，便遭到汉奸陈济成等人的破坏捣乱。不久，聂海帆便在一个阴冷的黄昏，被极司菲尔路76号特工总部头目丁默邨的两个爪牙暗杀在三吴大学他的办公室里。嗣后，父亲行动就渐入不自由状态……这个极司菲尔路76号，是导致无数爱国人士心灵和肉身饱受折磨的"魔窟"，也是我年少时与父亲一起被软禁过的地方。对于我来说，这无疑是一段难以面对的痛苦回忆了，但出于记者求真的追求，我在1978年春天，怀着极为复杂的心情重返故地。此地像一扇通往过去的门，但打开之后会发现，过往并没有因为时间的沉淀变得清晰，雾气反而更浓重，天地氤氲间，那个最想知道的谜题，只能任它掩埋在越来越浓的雾气中，也许永远都无法解谜了……

蒋蓝：您第一次去香港，是什么时候？

王火：1937年冬时，父亲带我到了香港，那是我第一次出远门。香港没有后来那么多的摩天建筑。毕打街僻静，砵甸乍街狭小拥挤，铜锣湾乱糟糟，浅水湾荒凉。最繁华热闹的是皇后大道，其次是德辅道。当然，赛马日的跑马地一带也是人头攒动的。由于香港历来免税，外国人和内地来香港的人很多。抗战爆发以后，香港可以避开战火，也接纳了不少从内地来的人，更加热闹。

在港期间父亲有不少活动，例如他与老友杨天骥（杨千里）等去看望过在香港的孙中山夫人宋庆龄，看望过廖仲恺夫人何香凝，她们都在从事抗日救亡工作。一天听父亲说，宋庆龄不顾日寇滥炸广州，曾从香港坐船到广州慰问伤兵和被敌机炸伤的难民，说有一个从敌机炸死的孕妇腹中取出的婴儿，居然还活着。宋庆龄在医院亲手抚抱婴儿，叮嘱一定要小心看护抚养好……使人感动。

有一天下午，父亲曾带我与杨天骥同去看望病中的蔡元培先生。我们是一起坐香港巨商李尚铭的私人轿车去的。住址在哪里，已全忘却了，有印象的只是蔡先生的房里书特别多，橱架上、长条桌上、书桌上全放满了书。蔡先生穿长袍、戴眼镜、上唇蓄短须，说一口浙江口音的普通话，声音不大，腹部突出，人显得苍老。父亲和杨天骥很尊重他，让我叫他"蔡老伯"。他对我笑着点点头。父亲和杨天骥都称呼他"孑民先生"。他当时身体很不好，脸上有病容。他们谈些什么，印象已经淡忘，只记得是关于上海和抗战的事。还记得杨天骥老伯笑着问过我："你上学时是不是男女同校？"我点头，他就笑着说："就是你这蔡老伯提倡的！他那时做教育总长……"父亲这次与杨天骥先生看过蔡先生后，在香港圣约翰大礼堂参加"保卫中国大同盟"等举办的支援抗战的展览会及募捐活动，同蔡先生也见过面，只是我未在场。蔡先生与父亲同在1940年去世。父亲是2月殉难，蔡先生迟个把月病故。蔡先生出殡那天，参加的人极多，全港学校和商店都下半旗志哀。蔡先生葬在香港的华人永远坟场。后来，听说已很少有人知道或去扫墓瞻仰了。

关于杨天骥先生，他长得瘦小但面色红润，两眼有神，戴眼镜，秃顶，穿中式长衫。他一般爱用"杨千里"这个名字。他是江苏吴江人，诗词书法均佳，人称"才子"。他早年在上海某学堂教过国文，胡适是他的学生。在1906年，胡适十五岁时，杨天骥汇辑《西一斋课文》以备日后察看学生进步之速度。其中收入胡适根据杨先生的命题所作的议论文《物竞天择，适者生存，试申其义》。当时杨先生对此文作了赞赏的批语，人都夸他"识才"。1937年冬，胡适声名正盛，秋天时经香港去了美国。胡适后来在回忆中写道："澄衷的教员之中，我受杨千里先生（天骥）的影响最大。"杨天骥同父亲不时谈到胡适，只可惜许多具体的事我都记不清了。

父亲说过，杨天骥先生早年在上海办《民呼》《民主》等报时两人相识。在香港时，我发现他会英语，能看英文报也能用英语同人会话。他代理过监察院的秘书长，此时他是监察院的监察委员，也在协助广东省政府主席吴铁城主持港澳的党政工作。父亲认为杨天骥先生才不外露，"是个有学识的能干人"。他同杨先生很谈得来。

蒋蓝：您第二次去香港，在《九十回眸》里详细书写过这段往事……

王火：父亲处境变得危急，加上待在上海变得越来越不安全，我们一家准备逃离。1940年2月，时机终于来到了。这一段时间内，堂兄和外界取得了联系（这里所指的"外界"，是国民党青岛市党部主任委员葛覃以及吴开先的部下们）。2月7日除夕晚上，知道了次日有荷兰邮船"芝沙连加号"去往香港，堂兄就去买了船票。大年初一前后，敌伪防卫果然松懈，确实是一个脱逃的好机会。天方拂晓，父亲就已起身，片刻后堂兄来了，叫我们穿上大衣，并悄悄说："我们今天出去，不要多说话。"我们有点儿诧异也有点儿惊恐，但未敢多问。父亲开了门，戴上呢帽，我们跟在后面，下了楼，四下无人，便迅速地走过花园和日本宪兵队部，出门时卫兵还向我们敬了礼。我们快步走到了静安寺，坐上了预停在那儿的黑色轿车，这段路是有人保护着我们的。汽车开到了东方饭店，又绕到了新关码头附近的一家姓汪的亲戚处，继母早已等在那里。进屋后，父亲换上蓝布长衫，戴上平光眼镜，我们也改穿了朴素的衣服。中午12时，小火轮把我们送到浦东蓝烟囱码头登船。堂兄因为职务在身，就陪伴我继母回去。临别时，父亲只是频频地盼咐堂兄怎样帮助继母搬家，以免敌伪迁怒泄恨。

当日下午2点"芝沙连加号"启碇。出吴淞口时，敌伪的宪兵和特务还上邮船检查，因为我们化了装，又在四等舱里，所以顺利地溜过了鬼门关似的吴淞口。我记得后来我们在甲板上，父亲望着那滔滔的海浪、碧蓝的天空，抱着我和哥哥快乐得直想流泪。因为四等舱脏得厉害，船出了吴淞口，我们就想补票到三等舱去，而三等舱又只有一张票，我们便决意让父亲搬过去住。当晚在三等舱内吃饭时，平常不喝酒的父亲还喝了点儿酒。可是谁又料到第二天清晨竟会发生那么不幸的事呢！

2月9日早晨，我起得很早，哥哥还沉沉睡着。我就到三等舱内去找父亲，他神态如昔地在舱里散步，先告诉我晚上曾替我去盖过被，接着又问我："你看父亲好不好？"我带着稚气回答他说："好！"他又对我说："你到重庆后要努力读书才行。"我也答应了一声。因为我在中学里念书是相当不用心的，当时父亲的话令我很惭愧，但我竟一点儿也没有觉察到他有什么异样。那时约莫是7点钟，四等舱敲锣查票，我就回到四等舱里去。票足足查检了一个多小时，等到我和哥哥一同再去找父亲时，我们在他的铺位上，发现了压在他礼帽下的一张字条。

那张纸条上写着字迹潦草的二十五个字:"济、溥二儿,父蹈海矣!儿等至港可找杜月笙先生求救,父绝命言。"

我的天!父亲跳海了!

我们意识到,父亲愤然蹈海,成全了他面对民族大义时的清白和尊严,然而对于尚未成年的我们,无异于晴天霹雳。我与哥哥抱头痛哭。

父亲与杜月笙先生早是认识的,让我们找他求救,难道是要他保护我们吗?这里面有许多可以寻思的地方。父亲失踪后,我们肝肠寸断,只是在船上痛哭,引起一些旅客来看望。我忽然在人丛中发现了父亲的一位朋友吴经熊,他也认识我,我马上叫了他一声:"吴老伯!"他立刻将我和哥哥带到他住的二等舱房里询问详情。船抵香港后,他又带我们到当时香港最大的酒店——高罗士打行,与杜月笙先生见面。杜月笙这时的顾问是监察委员、近代著名学者、社会活动家杨天骥,又是我熟识的。因此我和哥哥的安全得到了保障,但只要回味起父亲的那张简短的遗书,我心头总是疑云丛生,难以驱散。

这是决心成全大义的父亲,在离世前为儿子们的尽心安排。我从父亲的绝笔信中读到了被胁迫的意味,对父亲的选择也有了自己的一点儿猜测，但这些几乎是再也无法被证实的。因为一家人已经逃出上海了，按理说他是高兴的。是不是在船上被特务跟踪，因此受到了严重威胁，万不得已才采取了舍身成仁的方式？！

因为在茫茫大海寻找遗体的难度太大了，父亲跳海一事，始终有一些捕风捉影的谣言在传播。自杀事件之后不久，我就得到"76号"等汉奸电台播出了"王开疆被逮捕"的消息，虽知荒谬，但又不禁萌生出父亲可能还活着的一丝希望。后来在20世纪60年代，我在山东临沂又听说了一个颇具攻击性的谣言，说我父亲并没有死，而是去了台湾。那时的我，失去父亲已久，面对谣言，头脑清醒，理性更多了，也不再抱有任何期待。谣言无人相信也逐渐无人再传播了，谣言最后就消失了。

父亲的遭遇是我一生无法修复的伤痛，他以生命保全了民族大义，也暗中保护了家族的安全。

父亲殉难的事，在社会上激起强烈反响。《申报》以《效屈原投江，以滚滚之水，洗刷其清白之躯》为题，把家父比作伟大的爱国诗人屈原。《新华日报》则以《王开疆不为汪逆利用，投海自尽明志》为题，给即将粉墨登场的汪伪政府当头一棒。

父亲生于1890年，倘还在世该是一百二十多岁了！（采访时间为2015年前后）但他早已不在人世，留下的失踪之谜，尽管我不愿回想，更不愿提起，但风晨雨夕，却总在我心头扬起波澜，使我有刻骨铭心之痛。

蒋蓝：在《海明威：最后的访谈》（中信出版集团，2019年版）一书里，有这样一段记者与海明威的对话："'你知道，'他说，'我父亲是开枪自杀的。'一片沉默。人们常说海明威从不愿谈及他父亲的自杀。'您认为这需要勇气吗？'我问道。海明威抿起嘴唇，摇了摇头。'不。这是每个人的权利，但这行为中有相当的自我中心主义，以及对其他人的不管不顾。'"看到这一幕，我心中产生了强烈的对比，我知道，还有像您父亲那样的人，舍生取义，自古以来就是中华民族精神的重要体现。无论是为了国家大义，还是为了朋友之间的忠诚，无数仁人志士以实际行动诠释了这一高尚情操。这样的人，古人称之为"义士"。

王火：我的父亲，的确是这样的人。

我的母亲

王火：我的母亲李荪，字蕙华，是上海罗店川沙人。她个性坚强，有侠义心肠，一辈子热心，急人所急。年少时反抗外婆给她裹脚，外婆缠上她就拆掉，使得她终于没有成为一个小脚女人。她又反抗封建婚姻，为了逃婚，她依靠熟人关系进入苏州蚕桑学校读书。她相信中国要富强须振兴农业和实业，于是，她才进的蚕桑学校，毕业后成了一名出色的小学教师。

母亲年轻貌美，擅长书画。她在上海认识了父亲，于是结为夫妻。但不幸两人个性都强，几年后离婚。后来两人又各自结了婚，但也能互相宽容，不但常在子女面前说对方好，而且也因子女的维系而保持着接触和关心。

我六岁时被父亲带往南京，后来有了继母吴德芳，我就跟着父亲和继母一起生活，但心中总是思念亲生母亲。继母吴德芳是北师大的毕业生，对我很好，常给我讲一些世界名著，比如意大利作家埃迪蒙托·德·亚米契斯创作的长篇日记体小说《爱的教育》之类的作品，对我后来走上文学之路影响很大。

兴趣是最好的老师，但兴趣也是培养而成的。我从小读过的书很多，比如《鲁滨逊漂流记》、《瑞士家庭鲁滨孙》、《安徒生童话》、《黑奴魂》（即斯托夫人的《黑奴吁天录》的通俗读本）、《爱丽丝漫游奇境记》（好像是赵元任翻译的）、《大人国》、《小人国》（即《格列佛游记》的通俗本）、《金银岛》、《苦儿努力记》等从外国翻译过来的作品。我还记得第一次阅读安徒生的童话《卖火柴的小女孩》时，那种使我灵魂战栗、感情震动的情景。我同情得恨不能把自己穿的衣服、吃的东西都拿出来给她！直到今天，我已双鬓白发了，这篇童话仍使我百读不厌！并且每每读起时就会记起童年时初读它的心情。

蒋蓝：我在片段集《寸铁笔记》里，恰好有一篇读后感《通过雨滴取暖的女孩儿》，写的恰是一样的题材。在我看来，这篇童话其实是安徒生根据母亲的经历而写。在安徒生十一岁时，他父亲就病逝了，母亲是职业洗衣妇，安徒生幼年开始讨饭。我注意到安徒生的相关回忆："妈妈告诉我，她没有办法从任何人那里讨到一点儿东西，当她在一座桥底下坐下来的时候，她感到饿极了。她把手伸到水里去，沾了几滴水滴到舌头上,因为她相信这多少可以止住饥饿。最后她终于睡过去了,一直睡到下午。"

王火: 直到今天,这篇童话仍然焕发着爱的光芒!并且每每回忆起来,我就会异常清晰地回忆起童年时的一幕一幕……

与生母分别,她自然也想念我,曾不止一次地专程从上海坐火车到南京来探望我。她总是住在离学校不远的鼓楼饭店里,到学校门口等着我放学,把我接到那儿,拿出许多书籍、玩具和吃食给我,流着泪抱着我同我谈这谈那……她总是像一阵风,突然来,又突然走了,留下的只是我更深的无尽思念。

1940年父亲去世后,我本应该随第二个继母汪某生活,但这个继母出身豪富,工于心计,独吞了父亲遗产。她有再婚的打算,虽无子女,也不愿抚养我,1941年夏逼赶我离开。我在街上流浪了两天,只好去投奔母亲。

母亲当时带着五个妹妹过着艰难的生活,高兴地哭着拥抱了我。从此,我才算又回到了母亲温暖的怀抱之中。

母亲是一个"爱子女以其道"的妈妈。她是一个知识女性,重视子女教育,不仅在学习功课上,而且教育我们要独立自强、自尊自爱,更教育我们要爱国。敌伪占领"孤岛"上海时期,她常表现出对日寇无比仇恨的爱国心,不看敌伪报纸,不买东洋货。我有一个在中学做教师的馨姨母,与一个姓钱的女同事常到跑马厅附近散贴抗日传单,因那时我们住在马斯南路,离跑马厅近,故她们散贴传单时就住在我们家。母亲知道她们干的事危险,但积极支持,毫不畏惧。有一次,母亲与我坐电车过外白渡桥,电车停下,乘客排成一列走过桥去。那里是租界与日军占领的虹口区交界处,乘客须向日军岗哨鞠躬。我走在前,她在后,我心里仇恨日寇未鞠躬,一阵风似的就过去了。母亲也不鞠躬,却被日本兵扣留。我回头发现母亲出了事,急得要命,却因后边的人走来,四边又都是铁丝网,无法再跑回去。幸好一会儿,母亲从日军岗哨那儿出来了。她急匆匆过来,又气又好笑地说:"东洋佬用日本话骂了我一顿,我装聋装哑,骂完了,点点头回身就走,仍没鞠躬。"她因"仍没鞠躬"而高兴。这件事后,她说:"这种亡国奴的生活越早脱离越好!"鼓励支持我离开上海。

我在1942年7月离沪,跋涉万里,经苏皖、豫、陕等省入川。那时经济窘迫,母亲为我变卖物件,四方借贷筹旅费、置行装,无微不至。母亲舍不得我离开,却又一心送我去抗战。

临别时，她的表情既有悲伤又有欣慰。我到大后方后，她常来信，都是娟秀毛笔字写的长信，信上充溢着母爱和谆谆教导，也充满盼望早日"天亮"的爱国热情。

母亲在"孤岛"的恶劣环境中，含辛茹苦地抚养五个妹妹。她缝补烧洗，清早到深夜从不停歇。市面缺粮，她冒着生命危险独自去乡下购米。她不仅要顾及大家衣食，还要维持妹妹们上学。家中常吃粗糙的玉米面饼，炒一盘黄豆芽，每个妹妹有时只能分到十几根豆芽，而母亲自己则一点儿菜也不吃。现在有的妹妹谈到这段往事仍会泪流满面。

母亲和妹妹们给熟识的东新书店干点儿零活，年岁尚不大的大妹、二妹、三妹都给富人家做家庭教师，有时一人兼两三家的家教。母亲勤俭持家，自奉极薄，长期以来，除抚养五个女儿外，还赡养我年迈的外祖母。她的美丽容貌，因劳累瘦削而憔悴；她的健康身体，因艰苦磨难而衰弱。熟识的亲友，无不夸奖她伟大，总对我们说："你们有一个了不起的妈妈！"

抗战胜利，母亲高兴。但是看到物价飞涨，民不聊生，贪官污吏专权，特务横行，内战惨烈，人民水深火热，她痛心不已。她是个有思想的人，关心中国向何处去，力主儿女们追求光明和进步，尽心尽力掩护、搭救地下党人。新中国成立后，政务院因她给地下党保存产业契约及文件有功，曾颁发奖状奖励。母亲苦心培养教育的五女两子均有建树：大妹洪洺是高级教师，退休在沪；二妹洪淡是会计师，曾在上海大专学校任教；三妹李淑是北京大学西语系教授，德国古典名著《痴儿西木传》的译者，常在欧洲讲学，用"丽抒"的笔名写很美的散文；四妹赵文汶曾任中央某部办公厅主任、人事处处长；五妹赵平萍曾任上海九院整形外科医生，是蜚声国内外的整形美容专家；大哥是军械工程学院教授、兵工专家、中国军事维修工程的奠基人，多次立功，是全军英模代表及第七届全国人大代表。

我们兄弟姐妹各奔东西，母亲生前指望有一天全家会来一个大团圆，但始终未曾实现。母亲于1969年患肝癌去世，既未能看到子女们在国家改革开放后的锦绣前程，也未看到孙辈们有的获得学位，有的正在创业……

想起母亲，怀念和悲痛就如潮水涌来，我心头上的疚意随着年事愈高而愈浓，很难宽释。母子尘缘早已结束，但慈母常常入梦，伟大的母爱永远沐浴着我，使我温暖而又伤感。

妻子凌起凤

蒋蓝：在您的文学世界里，妻子凌起凤不仅是您生活中的伴侣，更是您写作与生活的"大后方"。你们的爱情故事，如同一部跨越时空的大史诗，充满了传奇色彩。1942年，您与凌起凤相识于江津。1948年，你们订婚，然而命运的波折让凌起凤随家人去了台湾，你们被迫分离四年，仅靠书信维系着彼此的情感。你们的爱情，如同您笔下的文字，历经岁月的洗礼而越发显得珍贵。你们的人生故事，不仅是个人的情感史，更是一个时代的缩影，见证了中国从动荡到和平的历程。这如同一首永恒的诗篇，被后人传诵。

王火：凌起凤，原名凌庶华，1924年出生于辛亥革命元老凌铁庵之家，她为了与我团聚，不惜制造自杀假象，从台湾回到大陆，这一决定让她与家人隔绝数十年。1952年，凌起凤终于在上海与我团聚了。我们公证结婚，开始了相濡以沫的生活。在我看来，妻子凌起凤就像一条静静流淌的小溪。她经历了大风大浪，却十分平静、低调。我们相处六七十年，从未吵骂。尽管凌起凤是大小姐出身，但无论多艰难、贫穷，她从无一句埋怨。每当我完成一篇作品，我会第一时间让妻子阅读，她也会给予我一些建议和意见。她无微不至地照顾我，我所有的著作，都应写上她的名字。

蒋蓝：真是机缘巧合！如东黄海之畔的王家三兄弟王洪江、王洪济、王洪溥（王火），分别迎娶了安徽定远贤惠温柔的凌家三姐妹凌伯平、凌克庄、凌起凤。

王火：刚刚考上复旦大学之际，有一次我又来凌家玩，凌起凤突然问我："你不是已经考上复旦大学，到重庆北碚上学去了吗，怎么还经常回江津来我家？这样来回奔波，不怕影响学业吗？你不累吗？"

她问得很含蓄，我想了一下，要艺术地回答，当即赋诗一首送她，诗曰：

一天香云绕碧山，心随鸟飞烟散。

只因庭院残，爱上禅林凭栏杆。

起家立业在江南，凤舞龙蟠钟山。

而今栖霞岭，已经七度血斑斓。

其实啊，我写的是一首藏头诗。她接过一看就明白了：诗中的第一个字，连起来就是"一心只爱起凤而已"。她低头一笑，将我这首献给她的诗珍藏起来。这就明确表示，她接受了！

我们正式确定了恋爱关系……

正是有这一层特殊关系，我和王洪济兄弟情深，更不同寻常了。王洪济平日喜欢看书，喜欢安静，唯独与我通话、通信时，就像一个老顽童，快乐无比：唱歌——唱我们小时候一起上学时唱的歌；讲笑话——把我们从报纸上看到的笑话、好笑的事讲给对方听；还开玩笑，口无遮拦，讨价还价……两个一奶同胞亲兄弟的真性、真情、真心，展露无遗。

蒋蓝：你们兄弟情深，宛若苏轼、苏辙兄弟的孝悌之谊。您写的这首藏头诗，好风雅！有一篇文章指出，是您的母亲李苏去香港接回的凌起凤！

王火：的确如此，这一行动，充分体现了我母亲的胆识与人情练达。

1945年，抗战胜利后，凌家举家迁回南京，在重庆北碚的复旦大学也迁回上海。当时我们以为这只是暂时一别。因为南京、上海相距很近，见面很容易。谁想到，我们这一别，差点儿就此失之交臂。

1952年"五一"节前夕，凌起凤到达了香港。

到了香港，发现自己太一厢情愿，已陷于进退两难的处境。如果她真回了大陆，台湾方面会追究她的老父亲和两个保人的责任，她会牵连他们。另外，能否回大陆还真是一个问题。置身香港的她，把这些想法写信告诉了我。百般焦虑中，她病倒了……

得知情况后，我也是左右为难，忧心如焚。母亲李荪得知情况后，她主动提出，代替儿子去香港接准儿媳回来。

母亲的这一设想让我又惊又忧：母亲替我去香港接起凤回来倒是上佳之选。但母亲怎么过得了海关？何况母亲年岁大了，有支气管扩张咯血病，她也刚刚出院……

听我说出自己的担心，母亲故作轻松地微微一笑，说自有办法。她要儿子放心，说："别的事，你不要管也不要问，我负责把起凤接回来。你做好结婚准备就行。"

母亲只身来到广州，其实并无什么门路，只能走一路看一路,见机行事。她设法找到一个"蛇头",出高价冒险"偷渡"去香港。那是一个月黑风高之夜,上了年纪、大病初愈的母亲与众多偷渡者一起,被"蛇头"隐藏在又黑又闭又热的船舱底层,里面漆黑一片、空气稀薄、环境恶劣。不大的偷渡船,在惊涛骇浪的大海上颠颠簸簸,绕来绕去,让母亲一路上不仅担惊受怕,还一路剧烈呕吐,差点儿闷死。好不容易到了第二天黎明时分,这只"黑船"总算到了香港。母亲在至交王鹏程家找到了病中的准儿媳凌起凤。

母亲安慰了焦虑的起凤。在起凤问到如何回得去时,母亲李荪这个智多星,给她说了如此如此……起凤眼睛一亮,大声说好,她们立刻付诸实施。

蒋蓝: 这个过程肯定很复杂……

王火: 我只讲述了一点点。凌起凤当时的日记保存下来了,其中有这样的段落:

> 在上海的未婚夫王洪溥不断写信经过香港转到台北,要我立刻回大陆,这使我万分为难。一是父亲年迈,我舍不得离开。二是当时大陆正在镇反(镇压反

革命运动），台湾报纸上连篇累牍报道镇反情况，有不少耸人听闻、夸大失实的报道。我想：我回去能行吗？三是那时台湾控制人员外出十分严格，到香港也要两家"铺保"并需批准，我能走得成吗？因此，我痛苦不堪。

父亲知道我的心，而且他是位讲信用的人。我既已订过婚，他又喜爱王洪溥这个女婿。他明白，如果我不回去，这桩婚姻就毁了。因此，他开明地说："你是个单纯的女孩子，没有政治色彩，也不是为政治问题来台的。我想你回去是不要紧的。为了你的幸福，爸爸让你去，只是于（右任）老伯那里，你不能随便一走了之。瞒他不好，找个机会你听听他的意见也好。"

我痛苦得无法形容，日夜不安……父亲最爱我，他为我考虑得十分周到。他给我设计了一个先到香港然后回到上海的方案。4月11日那天，是于（右任）老七十五岁寿诞，父亲让我带了一些水果和海味去给于老伯祝贺生日……告辞时，我说："老伯，我将去香港一次，我会办请假手续的。"他突然问我，回去安全没有问题吗？我说没有问题。他睁开眼来，又叹了一口气，但点点头，他伸出手来同我握手。平时，他并不同我握手。他的手是温暖的，我觉得他有一种同意我走的含义在内，也有握别的含义在内。

蒋蓝：这些惊心动魄的往事。多年以后，您在1981年第1期《花城》杂志发表的电影文学剧本《明月天涯》，就生动再现了当年凌起凤回大陆的详细过程。

王火：我是这么叙述的：

1952年7月，香港德旺铺道一家小旅馆楼下嘈杂的走廊里，亮着电灯。这是下半夜了。从一家客房里，猛地蹿出一个男侍，他手里拿着一张信笺和一张照片，一脸惊恐之色，下意识地叫嚷："出事了，出事了！"

一个女侍急忙上前，惊问："怎么了？"几个未睡和走过的旅客也围上来看。男侍扬扬手里的信笺和照片:"这房里的女客自杀了!"

女侍惊讶地:"自杀了?"她朝房里张望,这是一间摆设普通的客房,电灯开着,衣架上挂着女人穿的时髦外衣,桌上有洗漱用具,茶几上放着行李箱、旅行袋,但床上空荡荡的。桌上放着"绝命书"。一个记者给现场拍照,另一个记者用笔将"绝命书"的原文抄在采访本上。

一个巡捕:"这是绝命书。"

"绝命书"放大——

"我因身心交瘁,无限厌世,决定不再回台(湾),在此跳海自尽。我之死,纯属自愿,与任何人无关,特此声明。

凌庶华绝笔"

事情就这样,凌庶华从香港"消失"了。而作为同一个人的凌起凤和我母亲回到了上海。1952年8月11日,我和凌起凤完婚,就此开始了长达六十余年、相濡以沫、曲折坎坷、相依相伴的生活。

我至今清楚记得，8月11日上午，我们终于在上海市人民法院公证结婚。花了五角钱，就进行了公证。直到现在，我还保存着这两张"结婚公证书"，虽然纸张已泛黄，但上面的字迹仍清晰可见。

妻子就是我的"大后方"！我所有的著作，都应该写上她的名字。在我的心中，妻子不仅是妻子，更是我文学创作的灵感之源。我们共同经历了风风雨雨，直到妻子在2011年7月2日离世，当时我一直紧握着她的手，陪她走完了最后一程。

我清楚记得，我与妻子互望的瞬间很短。随后，她闭眼不看，手渐渐松了，血氧饱和度、心跳、血压、呼吸……都在下降，她的手变得冰凉，我的心也开始变得冰凉。这一刻终于还是来了，我忍不住在她的额头上深深吻了一下，眼泪悄悄流下来：

"七姐！一路走好，将来我会同你在一起的！"

这段爱情往事，被我写成了回忆散文《长相依——我与凌起凤的爱情故事》，在《百岁回望》一书里长达四十六页。

在凌起凤女士去世后不久，我出版了《王火序跋集》。在《心意》一文的开头，我这样写道："编这本序跋集时，起凤去世已快六个月了！她走了！我书桌对面那张靠背椅总是空着，我的心也总是寂寞孤独，过去，那是她的座位。……但现在，这一切都没有了！我总是摆脱不了想念她。想起她，我就想哭，因为她是一个用她一生疼着我的人，如今生死两茫茫，我岂能不朝思暮想？夜里，我总希望在梦中再见到她，但我服安眠药入睡，很少能见到她，偶然见到，梦醒后更加伤心。"

蒋蓝： 您在回忆录里，提及一个细节：

2001年冬天的一个晚上，您同妻子凌起凤在灯下聊天，您问妻子："假如有来生，你愿意我们再做夫妻吗？"您以为妻子一定会点头的，谁知她却摇摇头苦笑着说："不！"您问："为什么？"妻子说："不是你不好！只是做人太苦了！下辈子我不想做人了！"

读到这样的细节，太让人感伤了！

王火： 身处剧变的时代，爱情又跌宕起伏，我们尝尽人间悲欢离合。尤其是凌起凤的牺牲更大，为了爱情生生切断了与自己亲人的血脉联系……这就是我们这一代所经历的历史。也许现在的年轻人已不相信有这样的爱情了，但我们的确是这样走过来的。

蒋蓝： 2021年2月春节前夕,《华西都市报》《封面新闻》征集"三行家书"的活动,我和您都参加了。我给女儿青青写了几句话:"女儿,你磕磕碰碰十六岁了。你还是要努力做一个好人,不要放弃梦想,当你独自远行时,梦想比爸爸管用。"当时,您是写给谁了呢?

王火： 哦,你写得充满深情。2020年我度过了不平凡的一年。我身体有恙,心肌梗死发作之后,被家人送去医院做了心脏支架手术。每天早上,女儿都会到医院看我,不忘带上一份当天的报纸,少不了的有《参考消息》和《华西都市报》。我视力也不好,养病也不能疲劳,我不能长时间看书,主要是看看报纸。

《封面新闻》首席记者张杰通过我大女儿与在病房里的我通了一番电话。谈及正在进行中的"三行家书"征集,我欣然参加。我想写信给天各一方的三个妹妹:

在北京的三妹妹、四妹妹,在上海的五妹妹,新年好。

希望你们都保重身体。

你们的"小阿哥"一切都好,你们放心。

我有两个女儿,小女儿在国外工作生活,大女儿在身边照顾我。我们兄妹七个,我是老二,有一个哥哥,五个妹妹。目前还在世的,有我和三个妹妹。其中有两个妹妹在北京,一个在上海。在北京的三妹妹是北大退休教授,教德国文学。她们会打电话给我。在上海的五妹妹,前天还打电话给我。虽然年纪都已经大了,但妹妹们还是喊我"小哥哥"或者"小阿哥"。

想起与妻子相识,到她过世,应该有七十七年了。我曾经写过一首词,也算是自况吧。

七十七年如一梦,
阴晴圆缺无宽容。
白首穷经事已空。
志未动,万里江山枫叶红。

书生意气世难用,

宁静淡泊不放纵。

心骨傲然石无缝。

我与共,生命无悔笑金风。

第三章　当编辑那些年

"在火一样的年代"

蒋蓝：1949年5月27日，中国人民解放军解放了中国最大的城市——上海。1949年5月28日，上海市人民政府正式成立。您当时在上海市总工会文教部工作，并开始接触出版业……您的编辑工作的业绩得到充分肯定。1993年，中宣部出版局将"王火传略"列入《编辑家列传》（北京大学出版社，1994年版）。回首几十年编辑生涯，您一定有很多感慨！

王火：记得我放弃去美国哥伦比亚大学新闻学院深造的机会后，我曾经对同学坦言："新中国即将成立，我想要留下来与大家一起见证、一起建设新中国。"

1949年10月1日，中华人民共和国成立的那天，我正在位于上海外滩黄浦江边的上海市总工会大楼三楼的文教部办公室里集体收听实况广播，当听到毛泽东主席向世界宣告"中华人民共和国成立了！"的声音时，见证过战争与同胞苦难的我，心中的激动已无法用言语表达。我发现，同志们那种兴奋激动的心情是难以表述的，到现在想起来还会心潮澎湃。随即，我开始用笔名"王火"写稿，从此成了王火。

那时的我，在火一样的年代创办杂志。

上海刚刚解放，百废待兴。我是复旦新闻系毕业的，又有新闻记者的从业经历，很受重视，所以参与了上海总工会筹建，经常为领导写重要讲话稿，并在上海文教部负责审查电影、书籍、剧本。也就是在这个时期，由于看得多，我对电影剧本写作产生了浓厚兴趣，这也为我多年后写作剧本打下了基础。随即我参与了筹建劳动出版社，任该社副总编辑。劳动出版社在1949年6月成立于上海，主要出版适合广大工人、新闻从业人员的通俗读物，1953年初结束运营。有时我要陪工作组下厂，后又要编辑上海工运史料并筹办展览会去大新公司展出，还要配合在上海召开的亚澳工会会议编辑一套"亚澳工人运动丛书",创办《工人》半月刊……总工会的工作非常忙碌,但我总觉得"忙得非常有劲"!就是这样,我仍觉得精力多余,需要很好利用起来。

我平时不爱下棋、打扑克、玩克朗球,也不爱逛马路、聊天。那时我已是中华全国文学工作者协会上海分会的会员,我总是手痒想写点儿作品。在抗战中我具有的独特生活、采访经历,在胸中似乎已经酝酿发酵,的确有不吐不快的感觉。这些经历催促着我。于是,我决定写一部一百万字以上的长篇小说,反映那段可歌可泣的历史,我开始写《战争和人》的前身——《一去不复返的时代》。当然了,只是利用业余时间慢慢地写。

蒋蓝: 从1950年到1953年,您在上海工作期间,利用业余时间进行文学创作,雄心勃勃。

王火: 一开始我构思《一去不复返的时代》,曾想用一百万字左右的篇幅,写一写从西安事变(1936年12月)到1949年南京解放的故事。但写着写着就起了变化,我想把这一大部头分成三部曲来写,用三句古诗做书名,即《月落乌啼霜满天》《山在虚无缥缈间》《枫叶荻花秋瑟瑟》,时间的跨度由西安事变写到解放战争爆发。后来,又考虑再写一个第四部,即《春风又绿江南岸》,写解放战争爆发到南京解放蒋介石败走台湾。再后来,决定用《战争和人》为总名,集中精力写前三部,即从西安事变写到解放战争爆发。

从 1950 年到 1953 年,我在上海就是这样起步创作《战争和人》三部曲的,进度虽然较慢,但我雄心勃勃、劲头十足,一边努力做好本职工作,一边利用夜晚和假日的零散时间认真地写长篇小说。

1952 年以后,中华全国总工会决定撤销劳动出版社、中南工人出版社、东北工人出版社,将三个出版社的骨干人员调到北京,以加强初建的中国工人出版社。根据命令,1953 年春天,我由上海总工会被调至北京中华全国总工会,任《中国工人》杂志的主编助理兼编委会成员。

我们劳动出版社的编辑出版人员来到北京的中国工人出版社,受到接替赵树理担任社长的陈用文等领导的热烈欢迎。我一直记得,前门外便宜坊烤鸭店的全鸭席也是"欢迎项目"之一:先是参观焖炉怎样烤鸭,再看服务员怎样片鸭,然后便是品尝鸭四宝。同样让我一直记得的还有中国工人出版社的两栋三层新楼，在当时的老北京城里十分引人注目。

蒋蓝： 1924年10月，《中国工人》创刊。在十几年后的1940年2月7日，作为中共中央职工运动委员会主办的机关刊物，《中国工人》在延安第三次创刊，毛泽东题写刊名并亲自撰写发刊词。

王火： 20世纪50年代，《中国工人》杂志设立了时事政治、思想修养、文艺和群众工作四个组和一个办公室，共有工作人员约五十人。为了集中力量办好《中国工人》，全国总工会甚至停办了同样由毛泽东题写刊名的《学文化》杂志和《工人》半月刊。

编辑《中国工人》这个刊物对我是很大的锻炼。杂志每一期发稿都是我签字以后发去印刷厂的。做这个工作，头脑要时刻保持清醒，不能糊涂，一糊涂就要出差错。我做编辑的工作要求很高，如果在交上来的稿件中看到错字，就要退稿，但我并不是说看不起基层作者，而是很耐心细致，即使我非常严格，作者们也接受我的意见。

我与英雄节振国

蒋蓝：中国工人出版社至今引以为傲的是，有吴运铎自传体小说《把一切献给党》的出版。我少年时发现家里有这本书，就仔细阅读过。

王火：我结识了同事何家栋等著名编辑。那时，从白天到夜晚，吴运铎写完一页，何家栋就修改一页。慢慢地吴运铎找到了写作的门径。他后来回忆说："我幸运地遇上了何家栋这位呕心沥血的编辑。"只有六万八千字的《把一切献给党》出版后，在中华大地产生了巨大冲击波，震撼着千千万万读者的灵魂。根据中国工人出版社的史料记载，这部自传体小说累计发行超过了七百万册，被译成俄文、蒙古文、朝鲜文、日文、英文等多种语言出版。

蒋蓝：您无意于宏大叙事的写作，而是在记叙大半生经历的过程中，不断对波澜壮阔的现代史、当代史提出自己的追问，进行见血见肉的思想深犁。您对迂回曲折中前进的民族根性的发现，像节振国、李秀英这样的人物层出不穷，他们保有了"中国式脊梁"的钙与盐。

王火：20世纪50年代初，我在上海总工会工作期间，听说北京话剧界有人以冀东一位矿工游击队队长节振国的事迹为题材写了一部话剧，但未能上演。到1953年春，我由上海调到北京工作，有一次又偶然听人说："丁玲曾想过写冀东一位著名的游击队队长节振国的故事。"告诉我的人并说："节振国的性格很像苏联的夏伯阳（后译恰巴耶夫）。"这事并未引起我多大注意，我更没有想到以他的事迹为题材来进行创作。

1956年秋冬时节，当时我在北京中国工人杂志社工作，去唐山收集开滦工运史料。在开滦的唐山矿、赵各庄矿及林西矿活动期间，我听到许多矿上的干部和职工说起节振国。人们说："抗日战争时期，日本侵略者在冀东最怕节振国，把他叫作'白脸狼''寨主'，到处悬赏捉拿他。在他牺牲的消息传出后，鬼子不敢相信，怀疑这是节振国故意布下的疑阵，曾出动大批兵力到处搜寻他的下落。""节振国大义凛然，他有个结拜兄弟名叫夏连凤，与节振国情同手足。夏连凤被捕叛变投敌后，来游说节振国投敌，节振国立即将夏连凤枪毙示众。""榛子镇有个武装土匪汉奸头子李奎胡，为非作歹，残害百姓。节振国用计杀了李奎胡,将李奎胡的人头高挂在榛子镇城楼上,日本鬼子看了都胆战心惊。"以后,我又接触了一些唐山市委、市总工会的干部,他们也能讲一些节振国参加1938年开滦五矿大罢工和冀东十万工农大暴动的故事,更能讲述一些节振国来无影去无踪的锄奸故事。这些生动感人的故事吸引了我,使我对节振国这一位传奇英雄产生了浓烈的兴趣。

因缘际会,一天我偶然从抗日战争时期的延安《中国工人》1940年第10期上,读到了慰冰写的《中国工人阶级的英雄——白脸狼》一文,这应该是最早描写节振国事迹的作品。

我追问的是:为什么创作节振国事迹的文艺作品迟迟没有出现?

有人说:一是因为需要进行艰苦深入的采访,花费的时间和精力太多;二是这个人物不好写,有点儿个人英雄主义和冒险主义,性格上像夏伯阳。

我将信将疑,却有了创作的意图。我在冀东开始采访并收集节振国事迹的材料,之后又在北京等地继续采访。终于,我有了创作冲动,并对节振国有了一个比较完整的认识。

节振国1910年10月9日生于山东武城县刘堂村(1965

年3月12日，经国务院批准，包括刘堂村在内的原甲马营公社十四个自然村全部划归河北省故城县）一户农民家庭。他十岁被父兄挑在筐里逃荒到开滦赵各庄煤矿，长大后到煤矿当工人。1938年3月，英国资本家投资开的开滦煤矿爆发了一场声势浩大的罢工运动，节振国被推举为赵各庄矿工人纠察队的队长。1939年秋，由冀东地委书记周文彬介绍，节振国加入中国共产党。1940年5月，节振国在晋察冀分局党校学习结业后，仍回到工人特务大队工作，经历了无数惊心动魄的战斗，他刀劈日本宪兵的英雄事迹至今在冀东大地流传……8月1日，时年三十岁的节振国壮烈牺牲。

从1956年开始，我用一年多的时间深入冀东八个县，并体验了矿区井下生活，走访了老矿工、游击队员和节振国的家属等百余人。我根据十七个老矿工回忆绘制的"1938年赵各庄简图"，真实描述了节振国领导工人运动时的区域状况。简图详细记录了地下党员的家、教堂、胡同、燕春楼剧场等四十多个地点，真实还原了历史。

节振国传奇式的经历十分悲壮动人，也使我受到很深的教育。我觉得这位英雄应该努力去写，为写节振国的传记，花费再多的时间和精力也值得！至于有人说他有"个人英雄主义"和"冒险主义"倾向等，说明我们那时创作中的条条框框、清规戒律多么严重，说明我们那时对文学创作进行了过多的不必要的干预！我暗下决心，要冒风险来写节振国，即使失败，我也不后悔。

恰好，这时中华全国总工会书记处书记张修竹分工领导中国工人杂志社，他建议，在《中国工人》杂志上应当搞一个小说连载，规定题材要与工人有关，故事性要强，要有教育意义。在这种情况下，我花了二十多个夜晚，一气写成了八万字左右的中篇小说《赤胆忠心——红色游击队长节振国的故事》。小说由画家江荧配了精美的插图，首先在1956年的《中国工人》连载，接着又由中国工人出版社在次年推出了单行本。

小说刊出后，社会反响强烈：电台连播；著名评书艺人袁阔成广为说讲（后来还出版了评书本）；上海的评弹演员也加以采用；外文出版社在1961年将它译成外文向国外介绍；赵各庄业余话剧团将它改编为话剧；唐山京剧团根据开滦矿史将其改编为京剧《节振国》，参加了1964年全国京剧会演，后来又拍成了电影……实话实说，我并没有想到，这样一部只能看作是记录素材的小说,会引起如此之大的连锁反应。

何家栋根据吴运铎的一生编辑整理的《把一切献给党》,我写的《赤胆忠心——红色游击队长节振国的故事》,长期以来成为国内表现工人阶级革命性的两本书。节振国这个英雄的名字家喻户晓,他那崇高的民族气节和无私无畏的斗争精神,永远激励着后人!

我明白,重要的是烈士本身的不凡事迹,并非我的小说。因此,我感到自己这部中篇小说的单薄与稚嫩,一直觉得有必要在适当的时候予以补救。

蒋蓝: 这个弥补的愿望,是什么时候才实现的?我注意到,20世纪80年代,您再次奔赴开滦煤矿等地,又写了一部大书《英雄为国——节振国和工人特务大队》。为什么相隔二十多年后,还要关注这个题材?

王火: 事实上,是到了二十多年后才实现的。

二十多年后,我决定重写节振国的传记小说。在掌握了原有素材的基础上,我去烈士的故乡及有关地点补充生活素材、收集材料。除北京外,我先后到山东武城,河北故城、邯郸、石家庄、唐山、天津等地,得到各地党委及各地烈士陵园、档案馆、图书馆等有关单位的大力支持,也得到了节振国的亲属、战友、部下及他当年的上级领导同志和一同做过工、打过游击的同志们的照顾帮助,使得写一部长篇小说有了可能,我将长篇小说定名为《血染春秋——节振国传奇》交花山文艺出版社,在1982年出书。

《血染春秋》和《赤胆忠心》虽一脉相承,却大不相同,它不是简单的补充、改写,而是在补充生活素材后重新创作的,无论从整体构思还是立意上,抑或是从人物塑造到选材安排上,二者都大不相同。《血染春秋》从补充采访到重新创作成书历经六年。写作真实人物的传记小说就是要花费更多的时间和精力,这是我深有体会的,你是记者兼作家,想来也深知其中的甘苦,真所谓是"唯有寸心知"。

2009年10月,中华人民共和国成立六十周年,经过一番修订,四川文艺出版社将《血染春秋——节振国传奇》作为红色经典,改名为《英雄为国——节振国和工人特务大队》在十一国庆前出版。

我保留到现在的八十九件写得密密麻麻的采访记录本、信件等采访材料,有好几万字。这些笔记本和信件的纸张早已泛黄，但字迹依然清晰。如1938年的《气候志》，还有涉及八十人的十多页"唐山及开滦工运史料人名单"、采访节振国亲属的两万多字口述记录等。同时，还形成了节振国"大事迹"和"人物小传"等，这些采访材料证明了我为《赤胆忠心》《血染春秋》投入了很多心血。

蒋蓝：回首这段创作，《血染春秋》的写作特点可以总结一下吗？

王火：第一，我没有按一般传记小说的常规写法来写。从幼年、少年、青年、中年，叙述到人物的去世，我只是重点描绘了节振国一生中最光辉灿烂、可歌可泣的一段。童年及往事等，则用比较粗略、跳跃的笔法点染，穿插在回忆、倒叙当中。我写的这一段，时间仅仅从1938年初春写到1939年秋季。这从春到秋的一段红光灿灿的艰难岁月是被鲜血染红的，所以取名为《血染春秋》，有双关的意义：既是历史的春秋，又是从1938年春到1939年秋。

第二，除了忠实于史实及基本事实外，我容纳了一些较为可信或比较动人的传说。这使作品的文学色彩加强了，并能带有传奇色彩。因为，节振国在群众心目中和口头上早已是一个传奇人物了!如果写出来的与群众的印象不相符合,与群众的喜爱不相符合,群众是不会喜欢也不愿接受的。我觉得传记小说是文学与史学的交叉作品,这样做是完全可以的。

第三,着重写人,而不是着重写战争。节振国是游击队队长,他的抗日活动和坚持创建根据地的光辉业绩离不开打仗。如果不着重写人,而去着重写打仗,那么打了一仗又一仗,打过三五仗后就大同小异无法继续写了。实际上,写打仗也还是为了写人物。这里有一个"武戏文唱"的问题。这方面在创作思想上自始至终是明确的。至于笔力是否到家,那就是另外的问题了。

第四,着重写人,但也要通过人和事宣传我党我军游击战的战略战术思想,寻找"新质",用这来使人看到我们建立根据地、把群众当靠山的游击战思想与格瓦拉的游击中心主义是迥然不同的。

第五,书中的主要人物,节振国、纪振生、周文彬、胡志发等均忠实于生活、忠实于原型。比如节振国,不少人说他是"中国的夏伯阳(恰巴耶夫)",但从采访中,我获知他的性格与夏伯阳迥然不同。如果将他写成"中国的夏伯阳"也许性格会更鲜明，但既然不符合原型，就未作这样的处理。

第六，以前在《赤胆忠心》中有错误的材料，在《血染春秋》中都作了改正。例如，在《赤胆忠心》中，我将节振国的结拜二弟纪振生误写成了杨作霖。后来，京剧改编时从初稿到1964年出版的剧本上也写成杨作霖即由此而来。杨作霖烈士确有其人。他是在延安抗日军政大学学习过的原东北抗日联军干部，曾在陈群团长领导的第十二团里任营长。为尊重事实，遂予以改正。其他有些地名、人名也有改动。

从感情上讲，当年采写这部书稿时我是常心痛得含着眼泪的。我一直觉得，有责任把这部书继续献给读者。我也深感如果这部书被改编为电视连续剧，绝不会一般化、程式化、模式化、老一套，因为它来自当年的真实生活，它超出今天人们的想象，是有血、有火又有泪的！

说到这里，我给你复述一段冀东民谣：

节振国，真英雄，飞檐走壁武艺精。

赵各庄，闹罢工，领导矿工大暴动。

为抗日，打游击，奔走南北又西东。

来无影,去无踪,杀敌除害不落空!

这就看得出英雄节振国持续、深入、至今不衰的影响力了。1976年到1978年间,我几乎所有的时间都花在了深入唐山、冀东各县和河北其他一些地方进行采访,在掌握了大量素材,熟悉了冀东、唐山一带的民风民俗及抗战时期游击队抗日反"扫荡"的生活后,写成了如今这部传记小说,花山文艺出版社于1982年出版后,两年间《血染春秋——节振国传奇》又印行了十多万册。当时,这书曾被部队作为给战士的推荐读物,也被河北省及共青团组织作为优秀图书向学生及青少年推荐。我也应邀在一些大学和中学作过相关报告。1983年中国作家协会和全国煤矿基金会授予本书长篇小说"乌金奖",并向全国工人推荐。不久,小说又被改编为电视剧。这本书在节振国当年劳动和战斗过的唐山及冀东各地影响极大,我在那里结识了不少朋友,有的至今未断联系。至今犹有当年读过我这本书的读者给我来信致意,表达对这本书的热爱。节振国和有些战友安葬在唐山的烈士陵园里,他们的墓年年都受到民众的祭扫,节振国的高大塑像也威武地竖立在唐山。

2009年年初，四川文艺出版社推出了全新修订版《英雄为国——节振国和工人特务大队》（后来又加印了几次）。这样一来，我完成了关于抗日英雄节振国的三部文艺作品，时间跨度逾三十年：《赤胆忠心——红色游击队长节振国的故事》《血染春秋——节振国传奇》《英雄为国——节振国和工人特务大队》。

蒋蓝：我看到一则史料，1958年4月唐山京剧团在山东演出，演员耿苓秋偶然在一个书摊儿上发现了您的小说《赤胆忠心》，将书买回向领导作了汇报，时任唐山京剧团书记兼团长的景新也觉得这个题材不错，就鼓励演员们自己动手去写。同年冬天，作家于英执笔，写出了京剧现代戏《节振国》的第一稿，并付诸排练。剧本经过十几次修改后，1959年春节首次公演于唐山剧场。这出京剧为京剧改革作出了有益的探索，在20世纪60年代初都是很大的突破。伴随小说、京剧、电影、评书的轮番登场，一个经久不衰的"节振国传奇效应"得以形成。

为此，开滦集团领导曾经专程来成都看望您。

王火：那是2012年4月底，开滦矿务局派员来看望我，那年我八十八岁了。他们感谢我写了英雄节振国的故事,授予我"开滦名誉矿工"称号,表达了开滦人对我的敬重之情。当年恰是我的米寿之年,开滦集团负责人还特别向我转赠了一件寿礼——节振国烈士的女儿节凤兰亲手为我生日而赶制的十字绣"寿"字镜匾,同时赠送的还有印着"开滦赵矿"字样的矿工帽。我戴上矿工帽,百感交集,这顶矿工帽来自节振国曾经战斗过的开滦赵各庄矿,它比什么都珍贵!

我向开滦人赠送了2009年出版的一百本《英雄为国——节振国和工人特务大队》,并将当年采访节振国英雄事迹保存下来的大量珍贵资料捐赠给开滦博物馆,其中包括20世纪50年代访问与节振国一起参加冀东抗日斗争的吴德、管桦等老领导、老矿工的原始笔录;最为珍贵的是一张1956年根据开滦赵各庄矿老矿工的回忆,亲手绘制的1938年抗日大罢工斗争中党组织与节振国在矿区活动的地形图,这些资料对于研究冀东抗战史、英雄节振国都极具价值。说实话,我很想重回开滦,凭吊英雄战斗的地方,但年事已高,已力不从心。我为开滦集团题词:"祝百年开滦基业长青,矿工朋友幸福安康"。

2015年,筹建中的衡水市故城县节振国纪念馆派人来成

都找我给纪念馆题词,我的题词是:

赤胆忠心节振国,血染春秋抗敌倭。
英雄为国中华魂,精神永存壮山河。

值得一说的是,1986年,一个"文化人""拿走"我的创作不说,还加入不少低俗的情节,基本上把节振国降为一部武打片的主角,搞成了几十集电视连续剧,无法让观众看到抗日英雄的精神气象……我只能望"屏"兴叹了。

第四章 乐于在大寂寞中耕耘

回首临沂二十二年

蒋蓝：恰如李白所言"却顾所来径，苍苍横翠微"。您到山东临沂后情况如何？您履职的临沂一中肇始于沂州府于光绪二十九年（1903年）设立的沂州中学堂，到20世纪20年代成为山东省立第五中学，再到30年代的山东省立临沂中学以及50年代的山东省临沂中学，直至1956年正式定名"山东省临沂第一中学"，学校一直是鲁南苏北地区的"教育明珠"，是不折不扣的百年老校。

王火：1961年盛夏，我带队离开北京绕道江苏徐州去往山东老革命根据地——临沂。记得是7月1日启程。

我们一家来到临沂,当年我三十七岁。来到临沂后,临沂地委张学伟副书记和组织部胡广惠同志会同宣传部田致祥部长反复研究后,将我安排到临沂一中担任副校长职务,分管教学。临沂一中属于较为完备的中学,人数较多,有二百多名教职员工,三十六个高中、初中班,属于苏联式全日制中学。学校占地一百二十多亩,树木葱茏,大操场、大礼堂、足球场、实验室、图书馆一应俱全。

从小受到家庭管教较严,我也算是工作敬业之人。从新闻出版转行来到学校,我是尽心尽力的,很快熟悉业务并挑起了管理学校教学的重担。当年物资是匮乏的,但热情却是高涨的,20世纪60年代初期的中国处处洋溢着奉献和激情,我们夫妇在热心同事们的帮助下,很快就将全部身心放在了工作上。

我到临沂,属于组织上的安排,本来与妻子无关。她本可以带着两个年幼的女儿在北京生活。但她惦记我,尤其对我打理油盐柴米的生活能力不大放心,坚决要随我同行。我们把一双还小的孩子王凌、王亮交由保姆照顾。来到临沂,妻子又牵挂两个女儿了,可谓是"一心悬两头"。当时学校决定让凌起凤担任老师，我是很有责任心的人，妻子在这种需要兼顾两地生活的情况下，当老师不大合适，出于各方面考虑，我们谢绝了校方好意，让妻子去主持学校图书馆的工作。凌起凤把图书馆的工作打理得井井有条，有口皆碑。

我记得，很多年后，还有妻子的学生打来问候电话说起往事。当时学生只要一来我们家，妻子就给学生们做番茄炒鸡蛋。在物资匮乏的年代，番茄炒鸡蛋已算是奢侈品了。在最困难的1960年代初期，妻子把家里能吃的东西都留给家人和学生，自己则饿得面部浮肿。

在临沂一中任教期间，妻子不断给予一个孤儿资助，还常把他叫到家里来吃饭……20世纪90年代，当年那个孤儿已在中国驻国外大使馆工作，得知我们夫妇定居成都了，还特意来看望。

当时全国性的饥馑还没有过去，作为山东省属重点中学的临沂一中，师生们吃的是发黑的窝窝头，而且还吃不饱。学校也没有自来水，只有两口井，一口"甜水井"供饮用，一口"苦水井"供洗衣淘菜。有鉴于此，我在一次学校办公会上，提议将年终节省下来的三万元行政经费，一部分用来安装自来水，一部分给家庭困难的学生买棉衣、棉裤……可是有些很极端的人，不仅不同意，还阴阳怪气地说："我们这个穷地方，可不能同你们北京比……"还要我"学会看得惯"。

蒋蓝：临沂地貌有平原、山地、丘陵三种。在20世纪60年代，物产相对单一，有没有出产大米？

王火：说到点子上了！临沂地区以前几乎没有稻田。但20世纪60年代开始，临沂兴办水利种植水稻的"稻改"又是全国闻名的。本地历史上不产大米，我与妻子从北京而来，生活上最不习惯的是没有大米吃。当时学校师生都吃不饱，老师吃的比学生好一些。教职工食堂常吃干地瓜秧切碎煮成的"渣豆腐"；煮南瓜两角钱一瓢，外加吃带着沙土的高粱面、地瓜面做的窝头，切成方块。学生们常吃地瓜秧、吃瓜干。我们到学校后得到优待，总务处主任立刻就拿一个笸箩来，送了一笸箩的米！我说，哎呀，这里怎么还有米？那个时候临沂还没"稻改"嘛，不产米。他说是学校分到的大米，我说我一个人怎么能吃全校分到的米呢……虽然很感动，但是我不能吃学校的米，所以我就把米退回去了。以后我们就在食堂里面吃……大家都一样。

后来地委书记薛亭同志和地委领导以科学与魄力大抓"稻改",从而使临沂的农业稻作与江南相似,临沂变成了鱼米之乡,也被誉为江北"稻米之乡"。我们很快都吃上了质量上等的本地大米。沂蒙山人民群众从吃地瓜干到吃上大米饭的一场种植业革命,意义十分深远。"稻改"早成了历史,但在这段奋发向上的历史中,人民是铭感那位名叫薛亭的共产党的优秀地委书记的。

蒋蓝:在临沂一中校史里,有这样的记述:尽管您一度受到了不公正待遇,但始终与全体临沂一中人一道坚守赤诚的教育情怀,在学校发展的寒冬里把"王火精神"注入了校园历史和文化,使之成为学校一笔不竭的精神财富。

王火:临沂一中紧靠沂河。河上只有一座简易的麻石小桥,类似平桥,这是抗日英雄、烈士范筑先1934年出任临沂县县长时修建的。范筑先一直保持着正直清明、爱国爱民的品质,这座石桥就是一个证据。这座沂河老桥也是临沂城连接河东最早的漫水石桥,也称"东洋桥"。石桥建成后,成为沂河两岸人民生活和经贸往来的黄金要道,在革命战争年代还曾作出过重要贡献。几十年过去了,每当汛期来临,由于桥身距离水面仅有几尺空间，麻石桥经常被河水淹没。而一早一晚有很多学生上学、放学均要过这座小桥，相当危险。这时，我都要组织老师守在河边，护送学生过沂河。每逢下雨时节，我总是头戴斗笠，挽起裤腿，手拉手送学生过河。2008年，临沂电视台拍摄《感动临沂的人物——王火专辑》，专程到成都采访了我……

蒋蓝：真可谓是桃李不言，下自成蹊。时过多年，我在报纸上读到几篇临沂一中的师生回忆文章，他们还记得您，怀念着您，尤其您在雨中护送学生过河的一情一景……

王火：我对每一位学生都充满了感情，真是像疼爱自己的孩子一样去疼爱他们，像了解自己的孩子一样去了解他们。在下课的时间，我总会到班上走一走、看一看，然后聊聊天，让学生们不要怕我，至少第一步不要怕，不要看到就不想和我讲话了，赶快离得远远的。让关系比较近一些，因为这是我的工作范畴。对于学生，我是校长、老师，更是朋友、亲人。

我记得当时学校里，就有一个走极端的女生，在一次重要的物理毕业考试中，差了一分，悔恨得想自杀。我得知此事后，一边安慰这个女生，一边会同学校领导和物理老师，经认真研究、统一认识，最后对这个女生的考卷重新核对，加上了要命的一分……这样的事多了。

我记得临沂人民医院儿科专家欧致新，当时我经常带着学生去看病，我与欧致新医生就是那时候成为好朋友的。我总是要给学生安排好，然后看着他们做检查治疗后，再带他们回去。

这里，给你再讲一件趣事。

有一年我到济南去开会，坐车经费县，车子停着，等着上车下车的人。我看到一个年轻人，戴着席夹子走过来了，叫我一声"王校长"。我一看，哎，这是临沂一中的同学，名字现在我记不起来了。我当时很高兴，他突然说你等一下，然后就走了。车子就快要开了，他突然冲上来，两手捧着两斤油条，不是一根两根油条，是两斤油条，好大一堆啊，拿报纸包着，递给我。你说，我当时接还是不接？我说："你怎么这样？！"这个学生的热情是出乎意料的。结果车子要开了，油条递到我手里他就跑掉了。

多年以后，我在北京的时候，一天在街上，突然对面来了一群军人。见我之后，一人行军礼，然后叫了我一声："王校长！今天某某人结婚。"这个结婚的人我不认识，不过这个军人的确是我曾经的学生。他说:"你跟我们一块儿参加婚礼去!"然后呢,我真的就去了……可惜一个名字都记不起了。我感到做教育工作,作为一个老师来讲,看到学生好了,看到师生之间的感情好了,还有什么比这个更好的呢?

蒋蓝: 您做了多年校长,感受最深的是什么?

王火: 我很关心老区学生,自己不少钱就花在学生身上,买衣服、送医院等;下雨天的时候我不放心学生,因为有座五里桥,一下雨我觉得太危险。学生都比我矮,河东的学生都是农村的学生,他们回家的话我就怕他们被水冲走了,所以我就叫班主任带队,下雨的话戴着席夹子,陪着学生把他们送过去,送过去以后再回来,我就在河边上等着,看着他们回来才放心。多年以后,五六十岁的老学生还来看望我这个老校长,我基本上都记得他们的名字。

蒋蓝: 您的这番话,让我想起时任中国作家协会书记处书记、人民文学杂志社主编的施战军在2022年7月15日举行的"王火文学创作八十周年学术研讨会"上的发言:"我在山东读书和工作十八年,无数次听山东从事文学和教育的人们情不自禁地表达对王火先生的敬佩、景仰之情。《战争和人》第一部《月落乌啼霜满天》是王火先生在山东临沂生活期间写成的。1961年到1983年，人生最好的年华，二十二年，他给了沂蒙老区……"

王火： 当时我以为是来老区锻炼一阵儿，没想到这一待就是二十二年，而且我把一生最好的时光献给了沂蒙山。在中篇小说《心上的海潮》里，我借用诗人海涅的诗《你美丽的打鱼姑娘……》的诗句阐明这二十二年的难忘与珍贵："我的心也像大海／有风暴，有潮退潮涨／也有些美丽的珍珠／在它的深处隐藏……"当然，在此期间，我也开始了全新的思考与写作……在繁忙的教学工作之余，沂蒙山的夜晚被笔点燃了。短短几年时间，我连续发表了中短篇小说《春风桃李》《爱国者》等多部作品，接着完成了《战争和人》三部曲中的第一部《月落乌啼霜满天》的初稿……

2023年10月2日，山东省临沂第一中学建校一百二十周年庆典大会上，播放了我的视频贺词："今天是临沂一中一百二十周年校庆，我在这里向一中的领导、老师们、新同学、老同学表示热烈的祝贺，祝临沂一中越办越好，我已经年龄大了，不能到临沂来，但我的心和同学们是在一起的。"

蒋蓝： 2022年7月17日，是您的百岁生日。山东临沂有什么反应？

王火： 17日上午11点钟，我接到了临沂一中校长助理兼文峰校区执行校长郝廷庆的祝贺电话，转达了临沂一中写给我的贺信：

> 今逢您百岁华诞，期颐之寿，椿庭永茂。在这美好时日，山东省临沂第一中学近一万两千名师生员工向您致以崇高的敬意和热烈的祝贺，并向您的家人送上亲切的问候！作为经历过大时代淬炼与锻造的著名作家，您铁肩担道，秉笔直书，守护人间的真善美，您的作品鼓舞了一代又一代读者；作为临沂一中曾经的一员，您扎根沂蒙大地，守望教书育人职责，热爱党的教育事业，一直关心、关注学校发展，关心、关爱学生，您渊博的学识、严谨治学的作风、求真务实的精神风范影响了一代又一代临沂一中人！我们把最美好的祝福送给您。祝您如月之恒，如日之升，神采奕奕，福寿康宁！

我感谢临沂老友对我的关心,并且向临沂一中广大教师和同学们问好,我一直关心着学校的发展,想念着临沂这片热土,把临沂人的友好一直记在心上。

蒋蓝: 我读过山东作家靖一民的反映您在沂蒙山里邂逅"红嫂"的一篇散文,文字质朴无华,很有感染力……

王火: 这段经历,是1980年代我快离开沂蒙山区时,亲口对靖一民讲述的。

大约是1964年秋季,我到沂南县一山村去体验生活。那个村的党支部书记姓李,是一位朴实的好干部。他听说我是作家,对我很热情,破例把大队的办公室腾出一间,供我居住,还特意回家抱来了一床新被子。一切都安排好后,李支书对我说:"你在这里住,有一件事你要注意,俺村有一个'疯妈妈',她可能会来找你。"

我听了有点儿不解,"疯妈妈"要干什么?

李支书似乎是看出了我的心思,他开始向我介绍这位"疯妈妈":解放战争时,她带头"送郎参军",结果她丈夫在渡江战役中牺牲了,她哭了三天三夜,接着又将唯一的儿子送到了部队。不久后,儿子去朝鲜参加了抗美援朝。儿子走后,她因为特别想念儿子,不久就疯了……只要是遇着外面来的人,她都要向人家打听儿子的音信。要是人家说不认识她儿子,她会不吃不喝连着哭上几天几夜;要是说认识她儿子,她儿子在队伍上立了功,她就会高兴地买挂鞭炮在家门口燃放。这样过了几年,音信才从朝鲜传来,说她的儿子已在朝鲜牺牲了。李支书怕她受不了这么沉重的打击,就没把烈士证书送给她。所以她一直认为儿子还在朝鲜打仗,天天在家做军鞋,做好了就送给李支书,让他转交给部队。李支书收下军鞋后,就掏钱买点儿布给她,让她继续做,然后把鞋分给村干部穿了。

我听到这里,心情极其沉重。你想啊,这是一位"红嫂"哇,不!以年龄论,她是一位革命的母亲。我急切地想见到这位伟大的女人。

那天晚上,下起了绵绵细雨。

送走李支书,我正准备伏案记录当天的经历,忽然传来了敲门声。我的心情猛然激动起来,多半是她!肯定是"疯妈妈"来了。我打开屋门,昏暗中看到屋门口站着一位白发苍苍、穿着颇为整洁的女人。不用问,她就是那位"疯妈妈"。我忙请她在床沿坐下，递给她一支香烟，替她点燃后，便暗自盘算着该怎样回答她的问话。只见她深深地吸了几口烟，用一双慈爱而又有点儿呆滞的目光注视着我，笑眯眯地说："同志，俺想跟你打听个人。"

"谁呀？"

"俺儿子。"她说，"他叫杜小牛，在朝鲜打仗，你认识他吗？"

我只好硬着头皮编起了假话："认识！他在队伍里工作得不错，立了功，还当上连长了呢！"

她一听，脸上的皱纹都笑得挤在一起，变成了花："你见了小牛给俺捎个话，要他在队伍里好好干，不要挂念俺。要是有空啊，也回来看看俺，俺都这么多年没见到他了，心里怪想的。"说着，开始用衣袖擦眼泪。

我点头答应着，表示一定转告。"疯妈妈"心满意足地站起来，颤悠悠地开始往门口走。走出门口，又突然转回身来，约我第二天去她家吃早饭，说要做儿子最爱吃的溻煎饼给我吃。我根本无法拒绝一位母亲的盛情，就满口应允，把她送到屋外，直到她的身影消失在黑暗中……

那天晚上,我坐在暗淡的煤油灯下,心情久久不能平静。不知为什么,那一夜,我特别想念自己的母亲!

第二天一早,我被村子里的鞭炮声惊醒了。我知道,那一定是"疯妈妈"在为儿子庆功啊!我不由得一阵心酸,几滴热泪落在了枕边,"善意的谎言"有时也是需要的。很快想起答应去"疯妈妈"家吃饭的事,便急忙穿好衣服走出屋门,一路打听,找到了"疯妈妈"的家。老人见我来了,显得很兴奋,请我在堂屋里坐下,自己便去锅屋里忙去了。

我独自坐在屋里,环视周围,见北墙上有一个小镜框,里面有"疯妈妈"的丈夫和儿子穿军装的照片;镜框旁边贴着一张奖状,上面写着"英雄母亲"的字样。屋里没有多少东西,摆了一张木床和一张吃饭桌,桌子上放着一个针线筐,筐里有几双刚做好的布鞋。我拿起一双,只见鞋底上还绣着"抗美援朝 保家卫国"八个大红字。我正凝望着那双鞋底发愣,"疯妈妈"用盘子端着热气腾腾的㧟煎饼突然走了进来,她将盘子放在餐桌上,笑着说:"同志,快趁热吃吧!俺再去给你端盆玉米粥。"

㧟煎饼是山东著名的传统小吃,也是沂蒙山区民间家常主食，也被称为摊煎饼或者菜煎饼。我坐在饭桌前，拿起一块溻煎饼吃着，饼子里少油缺盐，可我吃得还是很香，因为在这偏僻的山沟里，我又感受到了母爱。"疯妈妈"给我端来一小盆玉米粥，就坐在我对面，一边纳鞋底一边看着我吃。她见我吃得很香，高兴地"嘿嘿"笑出了声……

当天，我在"疯妈妈"家吃过早饭之后，就回到大队部进行采访。天快晌午时，我才离开山村。临走时，我没敢去与"疯妈妈"告别，而是在村里的供销社里买了很多食品，交给李支书，让他转交给"疯妈妈"。

…………

哎，我告别临沂之际，曾经对作家靖一民讲到这段真实经历，我眼含泪花对他说："这是一位可敬的'疯妈妈'，如果你有机会，一定要替我去看看她！"

靖一民铭记着我的嘱托,在我离开临沂四年后的一个秋天，来到了"疯妈妈"居住的村庄。可靖一民来晚了，她已经病逝，靖一民只能从山野采了一束野花，撒在她的坟墓上，然后在她的坟墓前，长跪不起……

蒋蓝：王老师，这个题材，您其实后来写过一篇不长的小说《所思在远道》,刊发在2013年的《四川文学》杂志,近年也被选入了不少中学语文的试卷。您写到自己对老人撒谎时,是这样写的:"我的声音像飘忽的游丝,心里却在恳求宽恕。"读到此,特别温情。

王火: 哦,你不说,我都忘记了。这篇文章不是小说,而是纪实散文。文章标题出自汉代的一首佚名诗《涉江采芙蓉》,明代诗人王渐逵《别方棠陵宪副三首(其二)》,也有"所思在远道,念子不能已"之句,其意为我所思念的人,却在遥远的地方,道出了诗人对远方爱人的深深思念,充满了无尽的惆怅与眷恋。《所思在远道》最后一段,饱含深情:

离开的那天,下着初秋常有的那种霏霏细雨,远近的山峦笼罩在白茫茫的雾气中。我去看过陈大娘,但并没有近前去向她告别。村头地边种满了翠蓬蓬的紫穗槐,像一层层绿云。我站在紫穗槐旁张望,见她正独自坐在家门前的一棵巨大的老榆树下。老榆树大伞似的挡住了纤纤雨丝,她带着一种守候的表情,不声不响地拿着长长的线在一针一针纳鞋底。间或抬头望望远山,把缝针在白发上蹭蹭。她又在做军鞋了!

我静静看着,有一种说不出的感情……

蒋蓝: "沂蒙母亲"与"沂蒙红嫂"等主题,无疑成了新中国成立以来文学表达中的沂蒙女性群体的集中表现,在沂蒙文学创作中也被频繁书写,直至成为沂蒙文学最具招牌性的艺术形象。她们纯朴、善良、坚忍的性格,无私奉献、顾全大局的家国情怀,都因其原始、本能的表现而极具艺术感染力。研究者说,"红嫂"在沂蒙老区有上百位之多,文学形象也是色彩纷呈,但您写出了另一种更贴近泥土与真实的"疯子"气象,我以为是对"沂蒙红嫂"的补充。

您的这些作品,无疑是对美的状写。这让我联想到沈从文先生,他对美质有自己的见解,他说:"因为我活到这世界里有所爱。美丽,清洁,智慧,以及对全人类幸福的幻影,皆永远觉得是一种德行,也因此永远使我对它崇拜和倾心……人事能够燃起我感情的太多了,我的写作就是要颂扬一切与我同在的人类美丽和智慧。"也许,正是您源于您的善良天性,有一双敏锐之眼,善于发现生活之美,发现沂蒙之美,才让您的作品更具爱与美好，也更加贴合您的写作特色。

王火：沂蒙精神的文学表达的时代特征，始终与主流意识形态保持高度一致，尽力克制个体意识而尽力拥抱那个伟大的理想。哎，欧阳修所言"离愁渐远渐无穷，迢迢不断如春水"，与我的心境近似。沂蒙这片厚重且深情的土地，我虽然离开了，又怎能忘记？！多年以来，临沂人民的深情厚谊始终萦绕在我心头，直到现在，我最喜欢听的一首歌，还是《沂蒙山小调》。

"外国八路"的传奇

蒋蓝：您来山东临沂的几年后，就创作了一部可以留存后世的作品——传记体小说《外国八路》（百花文艺出版社，1981年版），传主是为中国人民解放事业牺牲在沂蒙大地的国际友人汉斯·希伯。2014年8月29日，汉斯·希伯被列入民政部公布的第一批在抗日战争中顽强奋战、为国捐躯的300名著名抗日英烈和英雄群体名录。今天来读《外国八路》，其中不但含纳了您对山东生活的真挚深情、彰显了您对抗战岁月的深度思考，而且作品也经受住了时间的考验。

王火：抗日战争爆发后，中国立即成了全世界瞩目的焦点，大量的西方记者也置身中国抗战第一线。他们的行迹遍及中国各大城市、各大战场以及抗日革命根据地，报道中国战局以及中国人民保卫家园、抗击侵略者的斗争情况。其中最负盛名的有美国记者埃德加·斯诺夫妇、艾格尼丝·史沫特莱，来自波兰的记者伊斯雷尔·爱泼斯坦等。与他们相比，汉斯·希伯是一个略显陌生的名字。

汉斯·希伯，波兰名 Grzyb，记者、国际主义战士，1897年出生在原奥匈帝国的克拉科夫（今为波兰南部城市），在德国上大学并加入德国共产党。他通晓英、德、俄、波兰和中国五国文字。希伯很早就向往具有五千多年文明历史的中国，对中国的时事十分关心。1925 年来到中国。抗日战争时期，他到敌后根据地采访，新四军卫生部部长沈其震给他改名为汉斯·希伯（Hans Shippe）。

汉斯·希伯正是这样一位来自万里之外的外国记者，访问过毛泽东、周恩来等共产党领导人。1939 年，他以美国太平洋国际学会《太平洋事务》月刊记者的身份，来到新四军军部驻地皖南泾县云岭。1939年3月7日，希伯聆听过周恩来的报告。1941年1月初，国民党制造了骇人听闻的"皖南事变"。1月8日，重建的新四军军部在苏北盐城成立。5月，希伯与夫人秋迪化装成医生和护士来到新四军苏北抗日根据地，完成了八万字的书稿《中国团结抗战中的八路军和新四军》。

但他又不仅仅是一位记者，在中国山东抗战最严峻、最困难的一段时间里，他穿上八路军军装与中国人民患难与共，最终以一名抗击日寇的战士身份，在战场上壮烈牺牲。

汉斯·希伯的事迹一度只作为极简单的墓志铭被留存，直到20世纪70年代末80年代初，我四处奔走，多方探访，才完成了传记小说《外国八路》。这个称呼是有来历的，在抗日战争异常艰苦的1941年秋冬季节，在山东沂蒙山区，见过德国共产党员、"太平洋学会"记者汉斯·希伯的人，常亲切地把这位来自欧洲的穿上八路军军装、身佩短枪、参加反"扫荡"的知名作家兼记者，称作"外国八路"。

蒋蓝：《外国八路》一书出版后轰动一时，1990年，相关部门在华东烈士陵园给这位"外国八路"立碑。在临沂市华东革命烈士陵园里，与新四军副军长罗炳辉墓比邻的，便是国际友人汉斯·希伯的长眠之处。六角亭状的陵墓庄严美观，汉白玉雕成的希伯半身像矗立一旁，墓碑上，详细镌刻着这位国际主义战士在中华大地上战斗的事迹，供各界人士瞻仰缅怀。曾直接领导过这位"外国八路"的徐向前、聂荣臻元帅分别题词，与"外国八路"共过事的外交部原部长黄华专程从北京赶来出席，还有国务院原副总理谷牧撰文。1989年，汉斯·希伯诞辰九十二周年纪念大会和希伯雕塑揭幕仪式在华东革命烈士陵园隆重举行。座谈会上，这些领导都谈到，是您的这本书，直接促成了这一切。

王火：我尽力做了一件有意义的事情。但最初我与希伯的"墓志"相遇，还有点儿偶然。

在三十年前，希伯的墓并不是后来这番模样。我清晰地记得初次邂逅希伯墓的情形。大约是1964年，我到临沂一中附近的烈士陵园凭吊，一下子被希伯的墓茔和墓上的题字吸引了，墓碑上刻着"为国际主义奔走欧亚、为抗击日寇血染沂蒙"两行字，墓志铭极其简单，大概只能知道希伯1941年战死于沂蒙山区的大青山。

我是学新闻出身的，早年做过记者，加上多年的文学写作经历，我立刻意识到：一个外国的共产党人在中国战场上献出了宝贵生命，这分明是一位传奇人物。希伯曾经回忆说："我真像是明星！人们追着我，围着我，一双双友善的眼睛望着我，仿佛我是一个天外来客。我有一种到家了的亲切感。能和山东的抗日军民见面我很荣幸，实现了我的愿望！"

我当时就想写一写汉斯·希伯的人生故事，可是墓志上的题字和传略太过简单了。我向临沂老乡打听，没搜集到更具体的情况，却听到了一些动人的传说：有人说清晨日出时，曾看到过身材魁梧的"外国八路"在山顶上瞭望日出；有人说，阴天山顶云雾缭绕，能看到希伯骑着枣红马在云雾中奔驰隐没……这让我更加好奇了，到底是一个怎样的外国人，能让当地老百姓产生如此传说呢？

这样的疑问在我心里一放就是十几年。直到1978年的夏天，我重新拿起笔，才开始着手寻找希伯的踪迹。那时候，距离希伯牺牲已经三十七年了。

蒋蓝：我注意到，1961年盛夏，你们一家来到临沂时，您刚好三十七岁。

王火：对！这是一个时间上的巧合！

三十七年间的沧海桑田,进行田野考察就显得十分重要了。我只能进行四面撒网式的寻找:在临沂访问参加过抗日战争的老战士,到烈士陵园积满尘土的屋子里翻阅档案,去图书馆甚至私人收藏中查找相关资料……几番辛苦,只找到了一点儿琐碎的材料。而且仅存的这些材料还相互矛盾……比如最基本的是希伯的国籍,就有德国、波兰、奥地利等多种说法。

根据初步搜集而来的材料,可以得出结论:希伯牺牲前在今沂南县一带活动,参加过115师罗荣桓政委领导的1941年"留田突围"之役。他跟随部队在东蒙山中行军,直到1941年11月30日在大青山战斗中牺牲。

蒋蓝: 我们都是记者出身,不但有新闻采访调查之法,鉴于我们均有非虚构写作的经历,其实还有一个"文学田野调查法"。这里提出来供您评判,"田野调查"指的是所有实地参与现场的调查研究工作,也称"田野研究",它被公认为是人类学学科的基本方法论,也是最早的人类学方法论之一。作家将这一来自文化人类学、考古学的基本研究方法,运用到文学写作过程里,从而完成非虚构写作。有鉴于此,作家们运用文学田野调查法来关注真实生活与文学表达,就会发现,这与人类学田野调查不同……比如,您的非虚构写作里,对于人物情感的挖掘、还原与生发,就体现得较重。

王火: 我以为,作家到生活第一线去体验实情、实景,做艰苦、细致的采访和调查研究,坚持把真实的历史予以尽可能还原,那么,他塑造出来的人物,无论是人物形象、情感,还是故事细节都会越发饱满与可信。不知道这是不是你所说的"文学田野调查法"?那时,我决定沿着希伯当年的足迹重新走一遍,去触摸、发掘那些湮没的山石与往事。没想到这一走,就是一年多。

当时沂蒙山区交通不便,不少公路不通公共汽车,我就骑自行车下乡。山区里好多河沟也没有桥,只能卷起裤脚、扛起自行车蹚水过河。记得那时候又逢雨季,山洪泛滥,有的地方水深齐腹,我就把衣服脱了,摸着石头过河……我在沂蒙山里走了两遍,为此我被慢性肠炎和腹泻折磨了一年,但我毫不后悔,因为这一路采访收获颇多。在山区老百姓口中,我听到希伯的许多具体的事情,这些口述材料还纠正了以往资料中的记载错误。比如,希伯牺牲的地点是在沂南县与费县交界处的大青山五道沟下的獾沟子,而非记载里的梧桐沟。

忙碌了一年多，我心里逐渐对那段历史比较清楚了。随后，我在济南市找到了抗战时期的《大众日报》，惊喜地发现报纸上有不少希伯在鲁南的相关报道。在北京和上海，我访问到了许多了解希伯或与希伯交往过的中外人士，比如粟裕、萧华、罗荣桓元帅的夫人林月琴，还有安排希伯去延安的王炳南，在山东根据地接待过希伯的八路军山东纵队政委黎玉，邀请希伯访问新四军的沈其震，以及希伯夫人秋迪，新西兰作家路易·艾黎等。在访问过程中，前期的各种疑问陆续找到了答案。

据上海社会科学院的许步曾教授研究，1934年秋天起，在宋庆龄的倡导下，希伯等人在上海发起成立了第一个国际性的马列主义学习小组，小组成员包括人们熟知的史沫特莱、马海德、路易·艾黎、斯特朗等国际友人。

蒋蓝：说到这里，我特意查阅了史料。1934年，在宋庆龄的关心和支持下，路易·艾黎和几位外国进步友人在上海组织了一个学习小组。汉斯·希伯就是这个学习小组的发起人，并担任政治指导。小组成员包括与艾黎同住的英国人甘普霖，还有史沫特莱、美国医生马海德、奥地利进步女青年魏璐诗、汉斯·希伯的妻子秋迪、瀛寰图书公司经理艾琳·魏德迈、艾黎两个养子就读的麦伦中学教师曹亮等人，以及美国基督教女青年会派驻中华基督教女青年会全国协会的四位女干事。

王火：是啊，被誉为"中国人民的战士、老朋友、老战友"的路易·艾黎，晚年时在北京曾经向我回忆说，这个小组不单是研究马列主义，还研究时事，尤其注意钻研中国人民的革命斗争。他还说，希伯实际是学习小组的一个教员，脑子好，肯钻研，善于用马列主义观点分析问题，我们都很佩服他，这人是全心为了中国革命的！

经过多方调研，几乎埋没了几十年的汉斯·希伯的事迹，终于慢慢浮现出历史地表。真实的希伯呼之欲出，他的文学造像在我心中也成型了。

希伯在德国上大学期间，曾参加过德国的工人运动。一战期间，年轻的希伯在德国医药卫生部门工作，因反对帝国主义战争参加示威游行被捕入狱，直到战后才被释放。加入德国共产党后，希伯曾在莱比锡和德累斯顿等地的报社工作。他到过苏联，见过列宁和斯大林。

希伯喜欢研究中国历史和问题，对中国人民和中国革命怀有深厚的感情。他的中文名字来自好友新四军卫生部部长沈其震的馈赠。1941年3月20日，新四军代军长陈毅和政委刘少奇专门召开大会欢迎奥地利著名医生雅各布·罗森费尔德的到来，担任翻译的沈其震给他起了一个中国名字：罗生特。巧合在于，据沈其震回忆，希伯以医务工作者的身份作掩护时，他曾告诉希伯，"希"是"希望"的意思，"伯"在弟兄排行的次序里代表长兄，是中国人给大儿子起名时常用的字。沈其震对他说："我是长子，我原来的名字就有'伯'字，现在我不用这个名字了，我把它送给你。"希伯听后非常高兴，欣然接纳。

正如这个名字的寓意一样，从1925年到1941年，对中国满怀希望的希伯先后三次来到中国，在华度过了长达十一年的时间。这十一年里他用手中的健笔，与革命大潮中的中国人民结下了兄弟般的不解之缘。

汉斯·希伯是第一个拿起枪杆子保卫中华民族的欧洲人。他牺牲后，如何把这一不幸消息告诉他的夫人秋迪女士，中共上海地下党觉得十分为难，怕这位异国友人经受不住沉重打击。秋迪女士得知丈夫牺牲在战场上异常悲痛，但她坚强地说："希伯是为中国人民的解放事业光荣牺牲的，我也是共产党员，难道不相信我能够禁得住考验吗？"

1979年2月,我被调到山东临沂行署出版办公室做领导工作,终于写完了长篇《外国八路》。

1979年12月,《中国建设》杂志发表我的《他牺牲在中国的土地上——汉斯·希伯的故事》,被译成英、德、法、西班牙、阿拉伯五种文字。在创作传记小说《外国八路》之外,我还写有剧本《汉斯·希伯》(后来被拍摄为系列电视剧)、采访手记《追寻汉斯·希伯的踪迹》,以及长文《汉斯·希伯——一个牺牲在中国的国际主义新闻战士》等,记述了他多个方面的影响力。

电影《平鹰坟》的来龙去脉

蒋蓝: 记得我小学毕业前夕,大约是1978年,在自贡市川南供电管理局看过一场"坝坝电影"《平鹰坟》,因为电影题材十分独特——老鹰,所以至今有挥之不去的印象。当时我没想到,这是出自您的电影剧本。

王火: 电影反映的是山东一个恶霸地主张万庆和他的儿子张继祖与农民之间的剥削与反抗的真实故事。一只训练过的老鹰，成了故事的焦点。张继祖携带鹰犬来到吕镇山家借故挑衅，吕镇山的大儿子吕明松忍无可忍，打死了恶鹰。张万庆假借所谓"公议"的名义杀一儆百，判罚吕镇山为死鹰披麻戴孝，捧牌位出鹰殡、筑鹰坟、树鹰碑，将早就想占有的吕镇山的二亩六分地折价为鹰的殡葬费判给张继祖，所作所为引起了群众和吕镇山的反抗。

1944年5月28日，当地举行由大店及其周边村庄与外县代表参与的万人斗争大会。对汉奸和恶霸地主欺压民众、剥削农民、抵制减租减息的罪责进行了清算。会后众人情绪高涨，将鹰坟夷平，把鹰碑捣毁。"平鹰坟"事件一经出现，凭借其显著的典型性与地缘性，得到广泛传播。中华人民共和国成立之初，济南的民间团体新新评剧团创排了《平鹰坟》这一剧目，后来有文艺工作者、新闻记者参与创造连环画、特写报道、戏剧等，可以说文艺工作者对"平鹰坟"这一事件的提炼，正是源于《大众日报》刊发的一系列消息。

随着时代的发展，"平鹰坟"的关注度也丝毫不减。1975年，毛主席对《奇袭白虎团》与《红云岗》颇为赞赏，指令山东创作一部有关土改的戏剧，此任务交由中共临沂地委负责。

这就催生了电影《平鹰坟》。

当年萧也牧所著的《羊圈夜话》写于1946年，旨在为土改服务；方纪的《老桑树下的故事》创作于1949年，是为中华人民共和国成立而作；秦兆阳的《大地》诞生于1982年，乃革命历史题材的典范之作。在诸多小说中，此类情节屡被运用。这三部小说皆运用了"平鹰坟"的情节。

临沂地委组建了以副书记李福崇作为组长的创作团队，进行集体创作，并责成由我负责撰写剧本。剧组成立后，经反复探讨，最终决定将"平鹰坟"的故事作为剧本创作依据。

作为编剧，我在回忆录中记述那段往事：

> 如此，便来到了1973年！一日，地委有位同志前来找我，态度谦逊，语气和善，言称上方要求创作一部土改戏，鉴于山东的两部样板戏——《奇袭白虎团》与《红云岗》，皆创作得甚为出色，故而下达此任务，需新创作一部以土改为题材的样板戏。……据此组建了土改剧组，由临沂地委副书记李福崇担任组长，欲调我加入土改剧组……

我彼时并未应允,言道:"容我斟酌一番!"怎料,一日过后,我便被引领去与地委副书记李福崇会面了。

他以良好的态度言道:"据悉你颇具写作才能,现调你至土改剧组参与土改样板戏的集体创作。学校的职位与名义予以保留,然无须再行管理事务,专事创作。期望你可充分施展自身专长!你们需先行深入生活实际,前往一些必要之地进行考察,深度挖掘素材,继而撰写剧本。毕竟生活乃创作之源泉!你是能够创作出优秀作品的!"

其后,剧组前往大店体验生活,通过座谈会形式,与大店以及周边村落的干部、村民,还有莒南县委、大店镇委的干部等不同人员进行访谈,总计达四十余人次。

我们访谈的内容围绕"平鹰坟"的故事展开,涵盖家史、地方史以及减租减息、土改复查等方面。

历经半年有余的调研与创作,剧组拟订了剧本初稿,将其命名为《换新天》,热烈赞颂了党的土地改革政策，深度揭示了大店"庄阎王"惨无人道的剥削罪责。

《换新天》由豫剧团进行排演，导演为王慎斋，主演为陈兴连、耿白菊、杨梅兰、刘瑞堂，1974年11月于临沂剧场开展试验演出，连续上演十场，引发强烈反响。

其后，上海电影制片厂文学部的夏天等人前往临沂观看了《换新天》的演出，觉得该剧本基础优良，适宜改编并拍摄成电影。

在夏天等人的指引下，临沂创作组以朱孟明和我作为核心进行执笔，对电影文学剧本予以改写，且在1976年1月与6月分别完成了初稿以及二稿。

在这一进程中，剧组严格依据革命戏剧的创作规范，将塑造工农兵英雄形象作为根本任务，进而构建出电影版《平鹰坟》故事，然而并未即刻展开拍摄。1977年2月，剧本顺利通过原文化部审查，进而被归入重要革命历史题材故事片的拍摄范畴。

随后上海电影制片厂委任傅超武、彭恩礼（后由高正接替）为该片导演。同年6月27日，影片《平鹰坟》开始拍摄，12月大体完成摄制任务。次年3月，获原文化部审查通过，且于12月印制了电影的完成台本。

1978年，影片《平鹰坟》公映。《平鹰坟》上映后引发重大社会反响，被誉为"是一部对地主阶级罪恶予以声讨、展现群众翻身历程、彰显中国共产党人引领人民群众开展革命斗争的精神的杰出电影作品"。后来，制片厂的同志告诉我们，该片盈利达八十万元之多。这在当时，已经很了不起了。

1979年，山东省文联将全省三年来创作的优秀作品编选成集，向新中国成立三十周年献礼。电影《平鹰坟》被选入。

蒋蓝： 如果做一个阶段性回顾，您在临沂二十二年的生活创作，不仅丰富了沂蒙的文化内涵，也促进了红色文化的交流与传播。您的作品不仅在山东产生了广泛影响，作品传递的爱国主义精神、人道主义以及真善美的价值观，对汉语文学中沂蒙群像的塑造，也产生了深远的影响和激励。

王火： 近年来，许多中青年文学家、艺术家也借助沂蒙这片沃土成长起来，使文学艺术之花盛开沂蒙，享誉全国，这是非常可喜的现象。我在临沂持续多年的写作,是我文学创作生涯中的一个重要阶段。在临沂期间,我创作了大量的作品,短篇、传记、散文、剧本等,不仅丰富了自己的文学创作,也真实记录了那些激荡人心的历史。

第五章　小说的无穷魅力

《一去不复返的时代》写作记

蒋蓝：王火老师，夫人过世后，您会用写作的方式排遣悲伤的情绪吗？

王火：老伴过世后，我就不大写新东西了。说实话，我不大容易从悲伤中走出来。我们互相带着年轻时的浪漫走进婚姻，又以爱来互相滋润各自的心田。我们的爱情始终充满魅力……我这辈子最成功的事，就是有一位这么完美的妻子。她永远是我的"大后方"。

蒋蓝：早在新中国成立之初，您就在构思一部与托尔斯泰

《战争与和平》类似的巨著,准备花十年左右的时间,写出一部发生在中国土地上的壮烈又宏大的现代史诗。写这样一部鸿篇巨制,需要投入的精力常人难以想象,您当年的创作情况是什么样的?能回忆一下吗?

王火: 托尔斯泰的《战争与和平》、《安娜·卡列尼娜》和《复活》,我在青年时代都是看了一遍,再看一遍,中年以后也不时去重温。走上写作之路后,我梦想着什么时候自己也能写一部这样的大书。1889年11月19日,托尔斯泰在日记中写道:"活着,活得盛大。"而这正是《战争与和平》给读者带来的最大感受。

20世纪50年代初在上海市总工会工作时,我就开始着手创作这样一部小说了。经历的抗日战争是我最渴望展示的民族史诗。我利用节假日等一切能用到的时间来写。四川的俗话是"不怕慢,就怕站"。世事难料,没想到还是用了近二十年才勉强完成。当初,我将小说命名为《一去不复返的时代》(最初使用的标题是《一去不复返的青春》),总共有一百二十多万字。

蒋蓝: 它可以看作是《战争和人》三部曲的前身吗?

王火：是的！《一去不复返的时代》就是《战争和人》的前身。但是写着写着，伴随情节的发展与自己认识的加深，情况就变化了，我决定把最初考虑的大部头，分解成三部分来写。我用三句古诗作为三部曲的书名，即《月落乌啼霜满天》《山在虚无缥缈间》《枫叶荻花秋瑟瑟》，时间的跨度由1936年12月的西安事变，写到中国抗日战争胜利。再后来，又决定增加第四部，即《春风又绿江南岸》，主题是解放战争爆发，直到1949年南京解放。

在写作中途，1953年春天，我由上海总工会被调至北京中华全国总工会，任《中国工人》杂志的主编助理兼编委会成员。那是一个火红的年代，国家建设突飞猛进，人民情绪奋发昂扬，我的工作依然繁重，常常出差，足迹遍及东北、华北、西北、华南和华东地区。结合工作，我写了不少东西。那段时间，我取消了所有假日的休息和娱乐，不看电影不逛名胜，长期每天工作十几小时，就是"将腿拴在桌旁"全力爬格子。看着一张张稿件越积越厚，我创作的兴致更高了。只是啊，这个时候，业余写作被人认为是"种自留地"。我隐隐有一种感觉，即使作品内容不出问题，文学写作本身总是被一些人认为是"追求个人成名成家""想攫取个人名利"。业余创作即使未影响工作也很不好办。因此,我写作时只要想到这一点,就感到"犯忌",感到"倒胃口"了!怎么办?我想不明白,觉得即使以后写,这时已经写下的许多也舍不得丢弃,遂在一种无奈的心态下,点点滴滴、拖拖拉拉地,维持着创作局面。

蒋蓝: 您一直精力旺盛,几乎无社交,怎么就不能"悄悄"写作了?

王火: 我无法再在业余时间见缝插针地写长篇。加班加点地工作成为家常便饭,我每天拖着沉重的脚步去办公室,感到十分累乏。在那种困难情况下,我产生了一种悲壮的感情,我的这部即将写满一百万字的长篇,再艰难也该完成!它也许无法出版,但我写的是苦难中国过去了的一段长长的悲壮历史,是真实的生活感受。书里有我的希望、信念、理想及要表达的爱国主义和民族精神,即使不出版,即使我将来不在世了,这部稿子也该留给孩子阅读,让孩子知道我们中华民族曾有过这么一段抗日的光荣历史。对我来说,这也是利用生命中的许多边角料时光,做了一件应该做、值得做的事,因此,我又顽强地用工作后剩余的时间在夜间伏案动笔了。

到现在，我犹记得深夜听着窗外北风呼啸，暖气不热，忍着寒冷，腿上盖着毯子（至今仍有寒腿病），胃里空空，费力地在北京东四牌楼猪市大街100号三楼——我的寝室里奋笔疾书的场景！那里往西几百米就是王府井大街。

哎，我总算突击完成了一百二十万字的初稿。就在这时，我们接到了通知，《中国工人》停刊。我率队去山东沂蒙山区支农，说是两年左右就可回到北京，前提是《中国工人》复刊就调我回来。临走之前，我将厚重的书稿交给了中国青年出版社。

来到临沂，我就投入忙碌的教学工作里。一晃几个月过去了，我突然接到中国青年出版社通知：让我去出版社讨论《一去不复返的时代》的修改。出版社认为这部长篇"是百花园中，一朵独特鲜花"。我取回了原稿，在临沂开始了修改。几个月后再寄回出版社。谁知稿子竟一去不复返了……

蒋蓝：这是一件让人无限悲伤的往事……如果您毅力不坚定，我们现在大概也不能看见《战争和人》这部巨著了。

王火：说得是。

《战争和人》写作记

蒋蓝： 后来，您是怎样创作《战争和人》的呢？

王火： 在人民文学出版社编辑于砚章的鼓励下，我决定重写《战争和人》。

为了给重写小说做准备，1980年我专程到了南京、苏州等地，我的一个学生崔晋余是"苏州通"，陪同我漫游苏州。我们去了寒山寺，这里还有江枫古桥、铁铃古关、枫桥古镇和沧桑的古运河。寒山寺面对流水潺潺的京杭大运河，我们谈着张继的《枫桥夜泊》。听着钟声，看着河水静静流淌，想着历史的演变、人事的沧桑……诗的意境、诗的感情悄然降临，过去、现在与未来都引起我的遐想，心扉开了！灵魂震惊！我情不自禁了！回去就开始动笔。

传说米开朗琪罗在佛罗伦萨学院里，看见一块已经闲置在那儿四十六年的大理石，他提议给他一个机会，利用大理石做点儿东西。然后，他完成了他的名作《巨人》。我觉得我仿佛也在学他，将一块闲置了许多年的"大理石"进行雕琢，虽然笨拙、艰难，但充满希望和热情。

蒋蓝：您第二次雕琢心中的那块"大理石"，自然与第一次不同。

王火：我历来认为，从根本上说，无论多大的作品，也只能写一个或几个侧面。但这"侧面"，在具体作品中，则就是正面、主面。我决定不拘一格地重写这部小说，是不想走别人的老路而落入俗套，所以也不给自己定什么样的框框。我只是按照自己的心意写一本具有中国风度、中国生活、中华民族精神的长篇，希望能有思想的宏伟性和感情的丰富性。小说的空间是抗日战争时期半个中国的全景画卷，主题是战争和人，写战争与和平，写美与丑、善与恶、生与死、爱与憎、肯定与否定，力求别开生面。我力求按照历史唯物主义观点，如实地再现那段多棱角的历史，按照辩证唯物主义精神，真实地从生活出发，塑造各式各样性格迥异的人物。

想法是美好的，但重写《战争和人》是十分艰难的。数不清的日日夜夜，一个字一个字写出来的几公斤重的稿纸，要摒弃多少生活乐趣，要损害多少健康，要增添多少白发啊！

关于浙江海宁籍的史学家谈迁，我是熟悉的。早年，我阅读过明清之际的著名史学家谈迁的人生故事。他花了二十多年时间完成了卷帙浩繁的编年体明史《国榷》一书，大功告成了，多年的愿望实现了，不料一天夜晚，全部手稿竟被一个撬门入室的小偷窃去，这时他已五十五岁。经历这场横祸后，他伤心而不灰心，发奋重整旗鼓，重编《国榷》，奋斗了近十年，六次删改，终于又完成了一百零八卷、四百多万字的《国榷》。巧的是，人民文学出版社向我提出重写的要求时，我也正是五十五岁！五十五岁精力不比年轻时代了，高血压一直苦苦缠着我，使得我的创作过程十分艰苦。

记得无数个淅沥微雨、落叶打窗的夜晚，当我在山东沂河边上的旧居里重写《月落乌啼霜满天》时，眼前总会出现我这部书未来的责任编辑于砚章那张瘦瘦的、戴着眼镜、较为严肃的面容，仿佛听到他在催我："王火同志，快写吧！"他是一位负责任、关心作者、仔细认真而且有水平的好编辑，使我敬佩！在我整个写作过程和后来《战争和人》的出版工作中，他同我通过一百多封信，我珍藏着，因为我珍视这种友谊，不是他持久不断的鼓励，我的重写未必那么顺利。

幸好，勤奋耕耘是使失落的东西重新获得的一个好方法。

从我答应人民文学出版社重写此稿开始,几个年头过去了,我断断续续,苦写苦熬,用极大的恒心和自信心,悄悄埋头拼搏,自言:"太阳下去了,还会升起来!"我终于在山东又完成了《月落乌啼霜满天》的初稿。欣慰之余,我也不免心里感到酸楚:我失去的光阴太多了!浪费的时间太多了!不然,我能多写多少新的作品,多做多少新工作啊!这使我不禁沉浸在一种难用言语表述的感慨之中。

蒋蓝:您刚才说到重写时的一个重要观点,"不想走别人的老路而落入俗套"。我注意到,重新写作的《月落乌啼霜满天》里,几乎没有正面表现战争的激烈和曲折,但我时时感到了战争阴云的笼罩。风雨袭来,战争的炮声震动着中国大地,也震撼着每一个中国人的心。通过一系列普通人物的命运故事,人性之美升华了,丑的嘴脸暴露了,徘徊者不得不作出重大的抉择。小说以一个国民党的高级官员、法学权威童霜威和他的儿子童家霆为主要人物,情节涉及的时间大致为两年,但所涉及的地域却是大开大合,南京、皖南小县、武汉、香港,各处都显现着抗战初期真实的众生脸谱和氛围。

主角童霜威出身世家,有留学日本的学识背景,学成回国后素有博学、正派的声誉,曾担任国民党上层官员,是当时的法学界权威。他也曾因官场失意满腹牢骚,有清高的一面,有时也难免随波逐流。这样一个多面的人物,在面对战争这种外部环境时,童霜威的成熟过程无疑是伴随着剧烈疼痛的,就像被外力拔高的竹节,更有"断臂求悟"的决绝。

而这种"半自传"式的写作风格,您是一以贯之的。西安事变的消息传来时,仅在南京清江路的三个官宦人家之间,就引起怎样不同的反响啊!原有的政治格局被搅动了,大家的生活秩序彻底乱套了,战争改变着一切。小说对于战争环境的气氛和影响,没有孤立去描写,而是通过人物的经历和感受,即由人物的身与心反映出来,从而把人物的命运和对时代环境的描写紧密地结合起来,把对人的形象刻画和对战争的生动描述融为一体。关键还在于,小说没有回避重大的历史事件,对当时的大事,比如平型关大捷、台儿庄激战、广州的陷落和武汉的失守、共产党的多次声明和国民党的重要会议以及国际舆论的动向等,都有所表现或涉及。历史进程巧妙地进入个人生活,文笔显得自然,不见强行揳入的"硬写"痕迹。小说里的众多角色身上展现出的蓬勃生命力,时常让我们觉得这一切的载体不是文字，而是流动的画面。当我阅读《战争和人》时，文字似乎不用去理解，而是自然流淌在脑海里，仿佛是那个世界的"现身说法"。小说虽然描绘的是长江中下游的几个城区，您的眼光却关注着全中国。我想，这就是您所说的"不想走别人的老路而落入俗套"吧。所以，这部作品被评论界誉为全景式的抗战画卷；著名评论家施战军就称之为是"把国难写到了肉体和灵魂之中"的好作品，并非过誉之词。

王火： 谢谢你的评价，我未必有做得那么出色。1983年秋，我复旦大学新闻系的同班好友马骏（张希文），邀我到四川成都的四川人民出版社担任负责文艺方面的副总编辑，山东的领导和同志们对我很好，盛情挽留，但我去意坚决。当时《战争和人》的第二部、第三部还没有着手，只有到成都去完成了。也多亏了山东和四川两边的组织部门领导的支持，一个多月后，我就收拾收拾出发了。为什么我这么想去呢？因为《战争和人》写到关键之处了，"故事情节"得"跑"到四川去，我就想借着这个机会，回四川好好体验生活，把书写完。

特别要提及的是，从山东调到四川成都，赶上改革开放的大好时候，文学创作的环境也越来越好。但工作是真忙啊，为了把工作干好，我几乎一点儿时间都挤不出来写作。我特别感谢山东省的朱奇民省长，1983年10月我调到四川后，他立马就派秘书李春邀同志来看望我，还跟我说："在山东的时候，你工作做得好，创作也做得好，去了成都以后啊，也得继续这么好，希望你能写出更好的作品来。工作要是顺心呢，那就好好干；不顺心呢，就回山东，我给你安排。"

得到这样的关心和支持，我心里头也是暖暖的，干劲儿也更足了。当年12月，《山东文学》刊发了我的散文《别沂蒙》，算是告别！

头部受伤记

蒋蓝：您到成都工作后的创作环境是怎样的呢？

王火：1985年5月，我那时候是刚刚组建的四川文艺出版社的负责人。恰好在这时，我遭遇了一场意外，被迫中断了写作。

一天上午，我手里拿着一本厚厚的稿子，正要去出版部门。那时候，位于盐道街的四川出版大厦正在盖楼呢，工地上到处都是沟沟坎坎。那天还下着雨，我突然听见有小孩儿在哭！一看，发现一个穿红毛衣的小姑娘掉进了一个大概一米宽的深沟里，正在下面哭叫。恰好，沟边站着一个小伙子，可是他就是不下去救人。

我二话没说，直接跳下去了，没想到沟槽深得都快到我胸口了。我抱起小姑娘，把她托了上去。她快步跑开了，可是我自己上不来了。而那小伙子也不见了。雨越下越大，我急着想上去，就用皮鞋尖在泥巴沟壁上踢了一个凹槽，踩着往上猛力一跳！结果，头撞到了脚手架的钢管上。"砰"的一声，撞得可狠了！我又重重摔回沟里，抱着头，痛得蹲在地上，好一会儿才勉强用老办法爬出来，但左边脸全肿了。

去医院检查，先是查出脑震荡，然后查出脑袋里出血。病情严重的时候，人都认不得了，话也说不出来。最糟糕的是，左眼视网膜受伤严重，后来眼角结了一个疤。治疗休养后，脑袋里的出血和脑震荡算是好了，但是到了1987年9月，因为太累，左眼的疤破了，视网膜掉了，手术也没成功，结果左眼就完全失明了。我上楼梯就摔过几次，倒开水的时候一倒就倒在手上。左眼失明后，右眼视力降成了0.6。

咱们搞创作的，做编辑出版的，眼睛可是宝贝。左眼看不见，这打击可大了，我很快就要退休了。但我要把这部长篇写完的决心更是坚定了。当时社会支持文学事业，形势大好，我想把浪费的时间抢回来，想把这部我觉得特别有价值的作品献给读者。

我必须全力以赴，用我仅剩的右眼一直写啊写。真是"只眼观世界"。我的三部曲是写完一部就交一部，出版一部。责编仍然是于砚章同志，终审是王笠耘同志。三部曲总共一百六十多万字，他们提了不少好意见，但也没强迫我按他们的想法去改。终于，《战争和人》三部曲第一部《月落乌啼霜满天》在1987年出版了，第二部《山在虚无缥缈间》1989年出版，第三部《枫叶荻花秋瑟瑟》1992年出版。

三部曲于1993年7月一起再版。

我在第三部的后记里说，从开始写到现在完成，一直在苦难中挣扎。视力不好，左眼看不见后，医生提醒我要好好保护右眼，因为玻璃体混浊，还有白内障。靠一只老花的右眼写长篇，真是太苦了！写得慢，看和写都极不方便，眼睛疲劳得疼，身心都累。工作时间长了，眼前就模糊，有时候还闪白光，更何况写的是那个让人压抑痛苦的时代，创作的时候，那些悲惨的故事让我很激动、沉重，心理反过来又影响生理。我常常担心，书没写完，右眼会不会又出问题。

那几年的夏天，成都特别热，我整天擦着汗写作，感觉自己简直是在冒险、在拼命！以前从来没觉得写作这么苦。幸好，我坚持下来了，书稿完成了！既轻松又庆幸！但我太累了，累得只想把笔一扔，上床睡觉，或者去个凉快的地方，躺在草地上呼吸新鲜空气，一动不动，什么也不想，什么声音也不听。我感觉自己好像大病了一场，精力都用光了，特别需要安静和休息。

但是，我也感到幸福，因为我完成了这部作品。我不是追求快乐才全力以赴的，但我确实在全力以赴中找到了快乐！我完成了计划中要完成的有意义的工作……这些是我的心里话。

所以，这其实是真正的"一目了然"的写作。我认定"一目了然"也好！一个沉得住气的作家，与寂寞是分不开的。如果一个作家很浮躁的话，那他是写不好的。习惯成自然，安于寂寞成为我的一种自然。不讲话，从早到晚坐在那儿写，我习惯了。其实，我是很希望保持安静的。我曾经说过，雨果八十三岁,萧伯纳九十四岁,他们都是写到最后一口气呀!一个作家崇高的使命就是写作到最后一刻。不让我写作,难受得很。麻将我会打,桥牌我也内行,但我对这些都不大感兴趣,不愿为它们浪费时间。

蒋蓝: 这个过程太曲折了!这是我了解到的写作中过程几乎可以用"悲壮"来形容的作品了。太不容易!

话说话来,战争带给人的伤痛和思考总是"滞后"且延迟的。郭沫若与郁达夫讨论过这个问题,他认为,"在这抗战时期,事实上似乎不容易产生出伟大的小说来。你看,报告文学,有煽动性的各种论文、小品、诗歌,以及宣传戏剧等在这一年里产生得很多,而大小说却还没有"。对此,郁达夫也有同感:"反映这一次民族战争的大小说,将来一定会出现,非出现不可。不过在战争未结束以前,或正在进行中的现在,却没有出现的可能。"对于《战争和人》来说,这似乎是一句富有深意的预言。

王火: 这样一部一百六十七万余字的长篇小说,经过数十年的时间沉淀,才开始进入创作环节。《战争和人》的第一部,时间跨度从1936年的西安事变到1938年。这是中国现代史上大事频发的一个时间段。我在创作手记中写道:"有时候,一个人或一家人的一生,可以清楚而有力地说明一个时代。历史本身,我们未曾意识到、感觉到或者判定它的地方,那真是太多太多了!从人生去发现历史,常会更真实形象些。"身处战争的每一个个体,都被战争裹挟,被战争影响,他们的成长或堕落,固然有自我选择的因素,但又与战争的发生有着难以分割的关系。所有个体的命运,经过汇聚、交织,构成了一幅风云激荡的时代画卷。

"战争和人"这个书名,并非仅仅停留于我国遭遇日本帝国主义侵略的时候,而是试图以此为例,观照整个人类和从古至今都未能消失的"战争"的深刻关系,充满历史和人文的思考。

蒋蓝:《战争和人》是一部史诗性叙事的小说,在一部宏大的、时间跨度相对较长的作品中,要写出个人命运沉浮中幽微的心理变化,这种宏大和细微之间的衔接与转化,是靠什么实现的呢?实际上,《战争和人》的宏大结构,我以为得益于托尔斯泰的《战争与和平》的复调与人性复杂性,其中又透露出中国古典小说结构的某些"线性"特征,从而呈现出史诗结构的素质。正如谢永旺先生所指出的那样,《战争和人》的结构得益于《战争与和平》的"家庭—战争"模式,而中国古典小说结构对《战争和人》的增益,则在于"不徒以局势疑阵见长,其深味在事之始末、人之丰采、文笔之生动也"。

王火:这就是动荡时代的特殊性,如果一个人,在和平年代,可能跟很多人一样,平凡普通地度过一生,不会遇到那么多使命运发生转折的事件。小说作为现实的映照,我需要设置一个同时具备优点和缺点的真实的人,将他放置于战争这样特殊的时代,将目光聚焦于他,通过他命运的变动,展示时代的画卷和战争的现场,最重要的是,展示战争给人类带来的巨大影响。我说过,不管它像不像史诗,我并没有这样的创作意图。创作时,没有较深刻的理性认识,当然不行,但没有浓烈不可抑制的激情,就更不行!

《战争和人》采用的是按时间先后顺序的线性叙事方式,并不出新,是现代汉语文学里的现实主义题材的经典叙事结构,当然也有古典小说的影响。在宏大叙事的同时,又要注重与对主人公细腻内心的描述相结合,展现出童霜威这个人物特殊的性格与复杂的内心世界,以及在不同时空中的种种表达。关于战争对人性的催化作用，作家茅盾曾有过总结，他在为《一个人的烦恼》所作的序言中说："战争的时代，人们的善良的天性会比平时更加辉煌地发展起来，然而同时，贪婪卑劣的人欲也会比平时更加肆无忌惮，伺隙横行。一方面，有成仁赴义，视死如归的匹夫匹妇，另一方面也有借国难以自肥，刀头上浴血的城狐社鼠。好人更好更苦了，坏人更坏更乐了。但是也有幡然觉悟，在战争的烈火中烧净了污垢的，同时也有被战争的艰苦的现实所震慑，以致失却了故我，而畏葸退走的人们。"童霜威就是这样一个"幡然觉悟，在战争的烈火中烧净了污垢"之人。

  整个抗战期间，童霜威一直是在痛苦地认识自己，认识自己生于斯长于斯的环境，寻觅着做人的立足之点。在那个时代，那样的环境里，像童霜威这种已经接近定型的人，要舍弃旧我，实现转变，做一个无愧于民族文化精神与良知的人。我对童霜威这个主人公的身份设置，是意味深长的，他遭遇苦难的来源是双重的：一方面源自整个中华民族面临日军外来侵略的巨大浩劫，另一方面源于国民党内部的腐败和溃烂。双重苦难促使他看清个体追求和家国情怀的同一性，必须抵御外敌，实现国家和民族的独立，个体的追求才有足以实现的环境。

蒋蓝： 这样一部史诗性的著作，拿到茅盾文学奖以及别的一系列奖项似乎也是一件顺理成章的事。

王火： 《战争和人》这套书，第一部《月落乌啼霜满天》一出版，就在四川拿了一个文学奖，叫"郭沫若文学艺术奖"。第二部《山在虚无缥缈间》，在1992年还被选进了"世界反法西斯文学书系"的第四十四辑。这套书的副主编沈世鸣（时任重庆出版社总编辑）亦称《战争和人》与《长城万里图》《新战争与和平》"使我国的反法西斯文学更迈上了一个新的高峰"。1996年，《战争和人》三部曲拿到了第二届中国国家图书奖（中国国家图书奖是中国出版政府奖的前身）。我对这个奖看得特别重。1997年，这三部曲又获得了茅盾文学奖。1998年4月20日，茅盾文学奖颁奖的时候，中国作协的领导还请我代表获奖作家上台讲话。

蒋蓝： 您在人民大会堂的获奖发言很重要，我特地找到了您名为"有助于历史的前进"的发言：

感谢中国作协和各位权威的评委们，将这一届的茅盾文学奖给予另外三位作家和我。

我看了本届评委的名单，他们包括了老一代的作家、评论家、中老年专家，还有年轻一代的学者、作家以及各方面的专家，其组成体现了百家争鸣、兼容并收的精神，不但有很高的水平，而且都有对中国文学事业的责任心、使命感以及对作家的爱心与善意。评选的过程为了慎重，时间很长，经过充分阅读和讨论，评委们用自己的意志权衡轻重决定取舍，以无记名方式认真投票，最后一轮是以超过三分之二的票才评出四部作品的。

因此，我觉得这种奖励是对我国长篇小说创作在文学领域和精神文明建设中所作贡献的承认，是对在创作园地中辛勤劳动的作家们的一种鼓舞。应当珍视。但，也认识到，优秀的作家很多，真正的作家谁也代替不了谁，读者多种多样，作品各不相同，好作品可以使大多数人肯定，天下却还没有能使人人喝彩个个折服的作品。有许多的前辈、同辈和年轻的同路人，他们写得都很好，得奖作品也需要等待时间继续考验。

有一位得奥斯卡奖的演员领奖时对他的同行们说过:"我们都是艺术大家庭中的成员,都在追求更高的艺术境界,我们谁也没有战胜谁,我为能与大家一起分享这份荣誉而骄傲。"此刻,我有类似的心情。

同时,我又不能不想起我的一位本家女科学家王承书同志。她不是文学家,但是一位了不起的女科学家……她无名地耕耘了一辈子,去世后报上才登载她那石破天惊的事迹,人们方知她是我国铀同位素分离事业理论的奠基人。她一贯谦虚,生前总是谢绝记者采访,由她参加或主持过的科研获奖项目有几十项,她都谢绝署名,贡献非常大,她自己却未得什么奖,临终遗言说:"虚度八十春秋,回国已三十六年了,虽做了一些工作,但是由于主客观原因,未能完全实现回国前的初衷,深感愧对党,愧对人民。"想到她我就不禁肃然起敬!像王承书这样的大写的人,当前在我国并不太少,在各条战线都有,因此,感谢之余,我清醒地认识到:应当谦虚,应当继续努力创作和学习，不应当停步不前。我想，这对于一切的获奖者都是可以取得共识的。

因此，我虽然已经年迈，仍旧要深刻地认识这一点，说出这一点，要用诚实的劳动继续努力实践这一点！并要借此机会，向出版社，向广大读者，向报纸、杂志社，向那么多评介过作品的评论家、作家、记者、编辑们，向书的编辑和终审，向一切关心过作品的人深深地致谢。

文学创作是一项高尚、严肃而艰难的事业。文学创作是我们为国家、为人民献出光和热的一条途径。文学是这样迷人，我对它有执着不变的爱！我觉得我们的文学创作者应当义不容辞地站在自己岗位上，有责任感、有使命感地用笔来为我们改革开放中的祖国和人民尽一份我们应尽的力量！

我希望而且相信，我们这样一个伟大的国家，有它了不起的人民，了不起的庞大作家队伍，必然会不断有更好更出色的长篇作品问世。这些作品会具有辽阔的视野、大气的格调、丰富的内涵，真实而不虚假，富于发现，富于创造，新颖，独特，能反映时代精神，塑造出典型人物，以毫不妥协的深刻性写出人生，写出矛盾，有助于生活的美好，有助于社会的发展，总而言之，有助于历史的前进！中国的优秀作品将不仅属于中国，同时也会属于东方，属于世界！

王火：谢谢。现实主义写作没有过时。不管是纪实散文抑或小说创作，我始终秉持的是反战的主题和现实主义的创作手法，偶以中国传统美学的趣味作描写点缀。我相信"文学的终极价值在于提高人民的思想、道德、精神文明境界，对人类的命运、人生的价值应有终极的关怀"。

蒋蓝：《战争和人》完成后，您略有调整。但我没想到，您又花了两年多时间，在克服视觉困难之后，完成了又一部长篇力作——三十万字的《东方阴影》。这部作品有举重若轻之感，文笔灵动而刚健，以积累一生的储备，在处理人物细节时看似随手拈来，却有"寸铁"之犀利，无不显示出您的深厚功力和生活阅历，舒卷自如。在给读者带来艺术愉悦享受的同时，还有价值观上的深刻启迪。作家田闻一撰文指出："作家在写作中收放自如。不时穿插抗战中的大大小小诸多画面,如当年日军偷袭美国太平洋舰队司令部珍珠港,南京大屠杀,若干有名有姓的大人物、大事件;甚至小到一顿西餐的五光十色。这些,虽然大体上寥寥几笔,或仅仅是一个勾勒,但都能给人深刻的印象,对刻画人物有事半功倍的作用。作家炉火纯青的功底,绝非今天一些人可以想当然写出来的,令人佩服。"

有人说"王火不老",此作恰是证明。您自称是"长篇小说封笔之作",如果真如所说,那么这部作品应该是您为自己长篇小说的创作画上的圆满句号……

《东方阴影》《雪祭》《禅悟》,有人认为,这三部作品构成了您抗战书写的"精神三部曲"。跟《战争和人》相比较,这三部作品情节的连贯性要弱一些,对各种文化以及文化之间的冲突等主题讨论比较密集,这是不是您有意为之的实验性更强的一种写法?

王火: 你说得没错。就像我之前在评论你《太平天国第一王》的文章中说到过的那样,作家需要知难而进的创作态度,所以我希望能对自己的写作作出一些突破。《东方阴影》是一个发生在 2003 年的故事,是高扬民族精神、向往和平、礼赞人性和人道主义的爱情故事。应当说它是一个既动人又凄楚突兀、令人唏嘘的爱情故事。小说讲述了一个美丽善良的女留学生海珠到日本留学,与一个日本男青年小津相知相爱的故事,但终因国恨家仇形成的悲剧而收场。小说通过一场特殊社会历史背景下的爱情故事,书写了令人深思的战争遗留问题……当然了,我不是为写爱情而写爱情,这里寓含着更多的正面的精神价值和对前路的探索。我认为,不应当过于灰暗,因此要给予一抹理想和希望的亮色。呵呵,请别笑话一个老人还来写青年人的爱情,我经历过的事太多,我也有写爱情的权利,写出的爱情是清纯、真挚、耐人寻味,能激起读者思想上的涟漪和心灵上的震撼及政治上的思考的。在这一部三十万字的小说中,我不可能呈露作者全部内心,但我要讲的很多话、许多思维都袒露在这本小说里了。它虽然有可读性,但读后必然会让人有思索,所以,它不是快餐式、纯消遣式的作品。作为一名写作八十年的作家,给读者留下这部作品,还算优美的定格吧。

蒋蓝： 您说的引发读者思考这一点,我深有体会。在您的这部作品中,我看到了一种跳脱传统民族主义的叙事方式,以个体情感为切口,呈现中日两国普通人在历史阴影下的精神困境。就像您说的，您不是为写爱情而写爱情，而是通过一场爱情的悲剧，指向了男女双方立场的冲突，更是从中隐喻了东亚现代化进程中文明认同的断裂。

王火：中日人民自唐代以来就结下了很深的情谊。我注意到，中日用爱情来展示两国人民情谊的作品几乎没有，所以我用了几篇作品，用不同方式来展示中日两国人民面对不同向度的感情历程，但是啊，在延续两国人民情谊的同时，要警惕日本右翼势力的疯狂。

与《东方阴影》的情况近似，不论是书写普通人日常生活的《雪祭》，抑或是展示出家而希望求得解脱的《禅悟》，甚至是新世纪以后到日本的留学潮，都可看出八十年前日本侵略给中华大地造成的创伤还在隐隐作痛，更可看出我并非出于个人情绪，而是进行了着眼现实、展望未来的深重反思。

一个人的生活，应该说是他的思想所形成的。生活像一座迷宫，看你怎么走。《东方阴影》是我自己喜爱的一部长篇，讲的是一个海外游子的蝴蝶梦，一个关于信仰的悲惨故事。题材新鲜，充满激情，也许，有禅的顿悟、诗的境界……

我以为，这样的反思对中华民族来说永不会过时，对世界所有爱好和平的民族来说也是如此,尽管这三部作品的写作时间距今已久,我以为仍具有很强的现实意义。

蒋蓝: 这三部作品都有很强的现实意义。除了刚刚我们谈论的《东方阴影》,《雪祭》和《禅悟》都是具有强烈现实意义的作品。《雪祭》通过市井小民的微观叙事,展现战争对伦理秩序与人性底线的冲击。《禅悟》的主人公遁入空门的抉择,构成对战争创伤的另类回应。您将佛教的"因果轮回"观融入叙事,既批判军国主义的暴力循环,也反思受害者自身的仇恨异化。例如,僧人面对日军屠刀时的"无我"境界,并非消极避世,而是以宗教哲学解构暴力逻辑,试图在超越性维度中寻求疗愈可能。这种探索突破了传统抗战文学的道德二元论框架。

虽然这三部作品在您的作品中不算广为流传,但我认为它们具有突破性的叙事策略,都挑战了传统抗战文学的范式。三部作品均尝试打破小说文体的边界:《东方阴影》嵌入书信、新闻报道等非虚构文本,构建多声部叙事;《禅悟》穿插禅宗公案与战场日记,形成宗教思辨与历史暴力的互文;《雪祭》则借鉴民间歌谣与地方志写法,强化集体记忆的在地性。这种实验性延续了您在《战争和人》中对"中国味儿"的追求,但更注重形式的先锋性。

王火:是。这三部作品我都用上了非线性叙事:《东方阴影》通过海珠的回忆闪回拼贴历史碎片,《雪祭》以节气更迭串联离散事件,《禅悟》以禅修中的意识流打破物理时空。我希望这种碎片化的叙事方式,可以模拟出创伤记忆的断裂性,也希望它们可以更好地呼应时下流行的历史叙事的怀疑精神。但要强调的是,我们对"历史真实"负有伦理责任,对历史的书写要避免陷入历史虚无主义的陷阱。我们的作品应该让读者从历史引起对人生的思考,又从人生去发现历史。

蒋蓝:您说的也是我对历史写作的一个观点。当然,比起非虚构历史写作,小说创作的自由度要高一些,但也需要注意一些问题。比如,重大历史事件的时间线、关键人物的基本轨迹需要遵循史实;对细节的虚构也要注意伦理边界;虚构的情节要符合时代语境的可能性,需要有历史逻辑的自洽……您的作品,我认为严格遵守了这些历史小说创作的规则,虽然是从个体视角切入实现对战争的反思,但并非信马由缰地随意虚构,对历史暴力也避免了简单的善恶二分法,使我们对战争的反思更为深刻和多元，由此展开的思考可以涉及的方面是多重的，比如文化的冲突，伦理的界限，战后创伤该如何消解，对宏大战争史中被遮蔽的普通人的命运该如何呈现与记录，等等。这些问题都可以由这些作品而引发出来。我想，这也是您的作品始终保有生命力的原因所在吧。

王火：谢谢，我可能写作时并没有想得这么全面，但我一直秉持着历史的道义而认真写作。至于能引起读者这么多的反思，恰恰是我写作的动力之一。

第六章　王火与纪实写作

蒋蓝：在四川文艺出版社出版的《王火文集》第八卷中，您自言自己的童年为"失去了的黄金时代"，副题赋之以"金陵童话"的美誉。在上海小东门裕福里，与您家比邻而居的是大学者章太炎、音乐家黎锦晖；如鲁迅笔下的阿长一样质朴善良的苏州奶妈永远带着慈爱的笑容；而"打倒列强！除军阀！……国民革命成功！"的《国民革命歌》歌曲，至今在您的记忆里回荡。在南京城南的秦淮河畔，您曾在清代老建筑大府第张府园里，与童年朋友夏康强一起"拾一堆枯叶将梧桐籽烧熟后剥了皮当瓜子吃"，在卢妃巷踏过整洁的青石板走到小学校去上课。您还曾听过北平吹断枣子树的呼呼大风，随父拜访过留着大胡子的于右任，同马相伯外孙一起放过风筝……呵呵，梧桐籽可以吃吗？

王火： 在物资匮乏的年代，梧桐籽是一道难得的美味。把梧桐籽炒熟或烧熟，香甜可口，让人回味无穷。如今梧桐树已经不多见了，很多人甚至认不得梧桐树了。这些都是纪实散文，"真实"是我散文写作的唯一原则。

我的童年时代里有江南水乡的婉约风情，青年时期里有抗日的烽火硝烟与民族铁血，这些挥之不去的家国情怀，都成了萦绕我的生命底色，既化作了纪实散文里的深情记录，也成了自己逾八十年文学创作的不竭之源。在我看来，每个人都是生活的经历者与记录者，写回忆录或者家史，是进入写作最简单的方式，也是你我这样的普通人能做到的。但是，要在这样的个人生活记录里融入时代信息与黄钟大吕，不是凭空洞说教，而是要高度真实地、丰满地、文学地表达，那是一件更有意义的事。

我以为，不是亲见亲知的事不可编造。没有去过的地方，不了解历史和人物来由就无法下笔。如果不是自己重视和珍藏旧有的宝贵资料，如果不是有较强的记忆力，也写不出这些散文和纪实作品。同时，我希望我的回忆录里的名人逸事、文史掌故、奇闻实况，能够引起读者的阅读兴趣。

蒋蓝：您其实讲述了四条散文、回忆录的写作经验：不可替代的亲历性，文本中史料的丰赡性，较强的记忆延续性，作品的传奇性。

我阅读过山东籍散文大家王鼎钧先生的《回忆录四部曲》，书中详细记录了他的生活经历。他的写作观点与您的颇有相似之处，强调回忆录并非只讲述个人经历，而是通过个人视角展现时代变迁。而且他的回忆录以一个个小故事串联而成，既有生动的人物描写，也有引人入胜的事件叙述。他自言，历史如江河，他的回忆录又如江河外侧的池泊："池泊与江河之间有支流相通，水量相互调节。"

《诗与真》是歌德于1809年至1822年完成的回忆录，开创了近代意义上真正的"自传"之先河。歌德在本书里感叹："一个人的意义，不是在于他遗留了什么东西，而在于他有所作为和享受，而又使他人有所作为和享受。"移之于您的《九十回眸》《百岁回望》，写作的宗旨与精神指归恰恰是合适的。

关键还在于，您是一位极有独立思想的作家。

《九十回眸》与《百岁回望》中的您，不是做简单的时代传声筒，而是在记叙自己经历的过程中，思考历史和现实，自然流露了自己鲜明的思想倾向。第一，你针对百年中国历经曲折，但还是在曲折中发展、前进原因的深度思索。中国之所以能够在多次苦难、曲折里负重前行，是因为有大量"中国的脊梁"式的人物不断涌现。辛亥革命前后、袁世凯称帝前后、军阀混战期间、抗日战争、解放战争、新中国成立后走过的曲折的道路、改革开放……在不同时期，都有如辛亥革命前后的仁人志士、信念坚定的共产党人、抗日战争中浴血奋战的将士和顽强不屈的人民，以及那些始终坚持信念为真理而斗争的人们、敢于和善于进行改革的闯将和能人，他们都是"中国的脊梁"。正因如此，中国才能在曲折中不断发展、阔步前进。

第二，在《九十回眸》中，文章不断揭示：清王朝最后覆灭是因为腐败；袁世凯和军阀们倒台，也是因为腐败；蒋介石败退台湾，说到底也是因为腐败。改革开放后，我国社会生产力大发展，人民生活水平大改善，国际地位大提高，但不可否认，市场经济也是把双刃剑，管理松懈，利欲熏心之徒蜂起，便会滋生腐败现象。这一致命伤，应该引起国人的高度警惕。百年的国运一再揭示：反腐败斗争关系到国家、民族的前途，必须进行到底！您也在告诉读者，谁要对腐败等闲视之，或反腐败半途而废，必然会受到历史的惩罚。人民具有健康、清洁、爽朗的群体气质，才是希望所在。

可以总结《九十回眸》里思想的三大旨归：腐败是历朝历代断送前程的"癌症"；极左并不是时代的常态，一样会对国家、民族带来深重灾难；只有坚持改革开放、解放思想，才能兴中国、强中国。

我们读前人的优秀回忆录，尤其是类似赫尔岑的《往事与随想》、俄国作家伊·伊·巴纳耶夫的《群星灿烂的年代》、爱伦堡的《人·岁月·生活》、巴金的《随想录》、王鼎钧的《回忆录四部曲》、杨牧的《奇来前书》《奇来后书》、齐邦媛的《巨流河》以及从维熙的《走向混沌》三部曲、高尔泰的《寻找家园》等这样的宏阔、细腻而深切时代骨头的文字，好似被航标灯引领着，即便驶入"历史的三峡"，也知道险滩与暗礁，知道峰回路转的"历史常数"。

王火：这个"历史常数"提得好。我的回忆录里，不仅讲述长辈的故事，还将他们的人生经历乃至音容笑貌存留下来，这对每个关心时代命运的人而言，也许都是珍贵的精神财富。他们的跌宕人生故事，不但是文学里最宝贵的内容，而且也是历史之流通过无数个体，得以进一步延伸的重要方式，从而，个体与历史打成一片，不可分开。这就是说，这些值得铭记的人与事，就是宏大历史不可或缺的组成部分。他们通过我们的文学记录而永远存活。所以谁能说，大历史与个人无关呢？！

历史是令我们判断是非、具备理性反省精神的最好的老师。通过自己的经历，记录我与很多人物的交往，展示他们的经历，既为历史作出了生动的注解，也可以加深人们对近现代这段曲折历史的体认。

长辈们起伏跌宕的传奇故事，不但承载了他们为人处世之理，以及对社会、对家国命运的深度探索，而且昭示出历史与人心所向，这就是中国文化的不断积累与生成过程。就像苏东坡一样，个人的命运峰回路转，纵使经历过诸多的厄运，受过许多委屈甚至是磨难，他的人生故事传达的是大爱而不是狭隘的仇恨。一个人彻底在这些动荡沉浮里体会出一个完整的人的使命，那就是：热爱生活。爱自己和家人，爱朋友，爱祖国和人类，热爱大自然的花香鸟语、清风明月……也只有这样，我们才会积淀、形成一种健全的人格，去勇敢面对时代以及个人命运的阴云突变。

就像我和你的交谈一样，是不同代人之间的倾诉与倾听，也有我对那些师长们的倾慕，以及我对写作本身的倾情。这样的交流，不但增加了彼此的感情，拓展了自己的学识与眼界，而且也是最为舒畅的、获益良多的文学对话。那些优秀的回忆录，就仿佛是一家人生活在同一个屋檐下，围炉夜话。但外面的风风雨雨，吹打屋瓦，也有夜归的亲人，带来更多的消息，所以，每个人都置身于时代之中，不能置身事外。我曾经给文友题赠过一句诗："愿借兴衰离禅意，春潮秋雨入文章。"这样的心境，也是我写作散文、回忆录的心境。

蒋蓝：读您的回忆录，银钩铁画的细节之外，文章里充满故事。您是把这些散落的细节编排到具有审美意蕴的独具匠心的叙事当中。记得本雅明在《讲故事的人》里指出："一切讲故事大师的共同之处，是在于他们都能自由地在自身经验的层次中上下移动，犹如在阶梯上起落升降。一条云梯往下延伸至地球脏腑，往上直冲云霄——这就是集体经验的意象。"以此来观照您的散文与回忆录,您在故乡随手捡拾的一个微笑、一片落叶或一茎鸟羽,就构成了围绕故乡回环不已的系列故事。

与此同时,我对于您采访很多名人的写作之法很是好奇,在于您往往有两种笔法:第一是记者的新闻笔法,第二是作家的散文、纪实笔法。可谓是"花开两朵,各表一枝"。

王火: 在我的记者生涯中,我的确采访了很多社会名流和文化名人,侧重点不同,的确有新闻与纪实、散文的不同表达。为了说明这个问题,我不禁回忆起1946年9月26日在南京城北宁夏路2号于公馆采访于右任先生的往事。

当时于先生刚从新疆返京。他是6月26日奉派由南京专程飞去新疆迪化(今乌鲁木齐)监誓的。这一年7月1日,以张治中为首的新疆省政府成立。当时新疆的情况和环境错综复杂,"为了唤起国内的重视和加强新疆人民对祖国的观念",新疆方面电请南京政府指名要监察院院长于右任到迪化监誓。所以这位六十七岁的银髯白发老人,奉派乘机先到西安再转往新疆。但早晨飞机起飞一小时后,油箱突然漏油,驾驶员只好急忙折回南京进行处理后重新起飞。下午2点抵达西安上空,却逢暴雨,浓云密布,盘旋十多分钟,飞机才安全降落。当我问起于先生时,他已经把这些险情当作笑谈了!

我在宁夏路2号的客厅里采访于先生。客厅里客人不少,他坐在上首中央的一张沙发上,两边的沙发和椅子上都坐满了访客。知道是记者采访,有人让出了靠于先生最近的那张沙发,让我们便于交谈。于先生脸上有风尘之色,但兴奋、健康。他西行返京后,外边就已传说他在新疆错综复杂的环境中解决了若干不易解决的问题。见他情绪颇好,客人又多,我决定开门见山地提问,并请他谈谈此行的情况及感想。

于先生在新疆总共逗留了七十天左右,时间很长。在7月1日的新疆省政府主席、副主席和全体委员的就职典礼以及盛大的各族庆祝和平大会上,他亲临监誓,简单致辞,目睹各族群众的欢呼喜悦,一片团结气氛,事后曾填曲一首。他叫副官将一首手抄的曲拿来给我。曲如下:

青杏子·迪化和平大会后作

大地现光明,睹天山洁白层层。何人创造新生命?和平万岁,和平万岁,万岁和平!

在客厅中，与于先生面对面访谈时，我不由得想起抗战前多次随父亲到过的这个宁夏路2号于公馆。旧地重来，往事历历，感触良多。那时，我仅是十多岁的孩子，父亲让我叫于先生"于老伯"，带着我看他写书法，在他家与他一桌进餐。我也认识于伯母高仲林和她的大女儿于芝秀，以及于先生的外甥周伯敏、秘书李祥麟。那时，宁夏路2号的洋房新盖成不久，他家中也是宾客极多。现在父亲早已不在，我已是二十几岁的青年，十四年抗战，宁夏路2号的房子经过战火，被敌伪占住，侥幸并未受到大的破坏。抗战胜利，屋归原主。正因为过去的关系，我的采访特别顺利，于先生对我慈祥而且亲切。从窗口望出去，抗战前见到过的雪松与龙柏，都粗壮、挺拔、苍翠、葱茏。我觉得老人的心情很好，虽然长途劳顿，但他仍不惮其烦地回答着我的问题。

"这一次从西北回来，我的心情是愉快的。新疆人民本无成见，只要以后政治进步，一切均无问题，新疆的情形是会一天好似一天的。"

"我此行共历七十日，去时飞机遇险，回来时第一天本拟歇脚兰州，但因气候恶劣，中途停歇，次日方经西安回京。"

我问他张治中在那边的情况。于先生拂髯而道:"他很努力,新疆人民了解他。经济、文化、建设各方面,新疆都应有进步,他们会努力去做的。"

最后,我因为看见访客过多,已经占用了于先生不少时间,便打算结束采访,请他谈谈对新疆未来的感想。他轻轻地抚摸着银灰色的长髯,吐出了沉重的语音:"今后的新疆,一定会走向和平的大道。"

我决定起身告辞。于先生从沙发上立起身来,伸出了手和我握别。我突然想到他此去新疆,随行的多是文学之士,如著名词人卢冀野(1930年,年仅二十五岁的卢冀野即被成都大学聘为教授)等,遂提出请求:希望能给我一些此去新疆的诗词新作,以便在我们报纸上刊登,相信那一定会受到读者欢迎的。

他笑着点头,让副官拿来了一沓诗词稿,自己挑了几张给我。我表示感谢。他挪动沉硕的身子坚持要送我到外边,我尽力劝阻,他停步在门边。

屋外,阳光猛烈,满园花草欣欣向荣。我心里由于采访有了收获而兴奋。

他给我的作品,除最初的那首《青杏子》外,又有另外五首如下:

浣溪沙·哈密西行机中作

我与天山共白头,白头相映亦风流,羡他雪水溉田畴。

风雨忧愁成往事,山川憔悴几经秋,暮云收尽见芳洲。

望博克(格)达山不能上也

幼作牧羊儿,老至天山下。

天山不可登,君须习鞍马。

夜宿瑶池上灵山道院不寐有作

飞渡天山往复还,今来真是识天颜。

云中瀑布冰期雪,月下瑶池雨后山。

行远方知骐骥贵,登高哪计鬓毛斑。

夜深悃悃情难已,万木啼号有病杉。

早晴新大楼远望

一雨新晴万卉妍，凉生襟袖寂无喧。

天山南北都开朗，独倚高楼思故园。

人月圆·迪化至阿克苏机中作

人生难得新机会，天上看天山，人间天上，人间天上，天上人间。

卢生作曲，韩生作画，我拊银髯，昆仑在左，白龙堆上，孔雀河边。

我在9月27日将写成的专访于右任先生的特稿，连同他给我的六首作品用航快函寄出。报社很重视，以"辟栏"的显著地位全部刊登于10月4日的重庆《时事新报》上。

你说说看，我这样的写作，是新闻特写呢，还是散文、纪实呢？

蒋蓝：我知道，在报社里，"辟栏"又称特栏、边栏。在版面上划出一个特别位置，来刊登重要文章，如社论、专论、独家专访等。而您的这篇特稿,既有新闻效应,更是珍贵的历史材料,从阅读效果来看,还具备散文的细节与感触。

王火: 新闻记者转型为作家具有很多优势。新闻是文学的一只翅膀。优秀的记者有良好的文字训练,且见多识广、阅历丰富,一旦掌握了文学创作规律,转型为作家并非难事。所不同的是,新闻写一笔是一笔,要求真实简练,把事情讲清楚就可以了,不需要情节;而文学像画水墨画一样,需要铺陈晕染,创造出一个与现实同样复杂且余味绵长的世界。

蒋蓝:《百岁回望》是《九十回眸》的增订版,被誉为一部"百年家国史",追忆一代知识分子的恨与爱。我以为,您所追求的写作方法,最重要的就是独特——题材的独特性、叙述角度的独特性与文本的独特性,因而作品具有较高的辨识度。广义而言,为了反映自己经历的时代,作家必须恪守自己的风格来写自己熟悉的生活经历。

这两种回忆录,如果换一个文体角度,就是最好的非虚构写作。非虚构写作的概念最早被西方文学界所引用,广义上是指一切以显示元素为背景的写作行为。而我则认为,非虚构写作的显著特点之一是"呈现",呈现什么?呈现普通人的喜怒哀乐。因为呈现的真实，您不但保存了一段十分珍贵的历史，而且颇具细节地绘制了一幅于右任先生的画像。

王火： 与小说写作一样，我的散文写作上尽量不去"嚼人家嚼过的馍"，才能够写、容易写，并且写得不一般些。我给自己立了一个规矩：凡未曾到过的地方不写；凡用真名真姓写的人物，必须认识或者接触过；甚至人物穿的服装、吃的菜、坐的车，都应是自己十分了解的。比如我写南京、上海，人家就说我写得真是那么一回事，因为我在这些地方生活过。不管是当记者，还是搞文学写作，散文、纪实、小说等，我重点表达的内容，都跟抗日战争、沂蒙山紧密联系在一起。穿越时空隧道和历史迷雾，倾情吐露自己百年来经历的风云激荡的往事，那是我写作的源泉。

蒋蓝： 记得是六七年前，我到山东万松浦书院参会，著名作家张炜就对我讲，王火老师的作品在山东影响非常大。他回忆起山东的文坛往事，特别强调，王老具有很高的威望！

不论是纪实、散文抑或小说，您的创作主题是反对侵略战争，手法是现实主义的笔法，并偶以中国传统美学的趣味作插花式的点缀。在流行"轻飘而精巧、小切口"的文学风格的今天，您的作品有着不容忽视的"沉重"之美。米兰·昆德拉就认为，生命有意义是因为人们能背负起许多重量和责任。失去了负担和责任，就会感到人生毫无意义。

2022年7月15日，"王火文学创作八十周年学术研讨会"在成都举行。本次会议由四川省作协主办，《当代文坛》杂志社承办，四川文艺出版社协办。著名文学评论家谢有顺指出："像王火这样的老作家，是真正被使命感所催迫而写作的。使命感对他不是空话，不是口号，而是心里面真有一团火在燃烧。前几年在成都开马老作品研讨会的时候，我就看到王火为马老文集写了一篇序。里面就特别说道，他之所以恢复写作，是觉得自己被一种责任、一种情感催促，是带着自己的良知良能从事写作。我们以前写一些大词的话有些疑虑，但是在他们这些作家身上说这些话的时候非常真实。面对这些老作家，我们真的要考量反思一下，我们为什么写作？时间、精力、智慧所倾注的文字，是不是能存留，是不是能经得起时间的淘洗？我觉得这已经成了一个尖锐的问题……现在才华横溢、生机勃勃的作家太多了，网络上语言幽默、言辞滔滔的，大有人在。为什么这些人没有写出优秀的作品，才华没有累积起来，可能还是缺一点儿大的使命感。如果有这样一个大的精神力量来催迫你的时候,可能你对写作的态度更郑重,也会更深情。"

《战争和人》等作品,是富有启示意义的对当下文学现状的一次深犁行动,露出了人性的结构与历史的骨骼。现在不少作家的生活经历很窄、很有限,所经历的事情也要少得多。读过您的非虚构作品,会真的发现,生活的积累和文学滋养出的作品才是饱满的,有生命力的。不同的历史时期的经历,构成了您的作品当中坚实的物质基础与血肉的基础。

王火: 我相信"文学的终极价值在于提高人民的思想、道德、精神文明境界,对人类的命运、人生的价值应有终极的关怀",这种对宏大使命、终极命题的毕生追求,就是我写作的目的。

蒋蓝: 您写作一生,我还想知道您如何看待读书?我自己有两万多册藏书,一直在拼命阅读……

王火: 我自从与书籍打上交道后,就离不开这位良师益友了!书籍对人类思想行为产生的作用,尤其在人们年少时产生的作用,对人的一生的影响,是难以估量的。

法国著名作家、哲学家福尔特尔(现译为伏尔泰)说过:

"除了野蛮国家,整个世界都被书统治着的。"这话并不夸张。著名美国学者罗伯特·唐斯,就出版过《影响世界历史的16本书》,包括马基雅维利的《君主论》、哥白尼的《天体运行论》、牛顿的《数学原理》、马尔萨斯的《人口论》、索罗的《不服从论》、斯托夫人的《黑奴吁天录》(即《汤姆叔叔的小屋》,又译《黑奴魂》)、卡尔·马克思的《资本论》、爱因斯坦的《相对论》等。他举的例子有的并不恰当,但这些书曾发生过巨大影响则是事实。

所以,我们读书,实际是把前人和当代人的智慧结晶拿来,这是一笔只要你愿意就可以继承的"遗产"。许许多多不朽的书籍,曾历经历史或朝代的兴亡盛衰,遭到时光冲刷,然而内容却仍新鲜有用,可以将前人的知识积累、经验教训、学说成果、人心巧思……统统传给你,给予你启示和感悟。如果懂得这个道理,那我们把书当成良师益友就会是必然的了。

我年轻时做山东省属重点中学的校长,给学生讲读书问题时,不止一次地把我的关于读书的座右铭介绍给大家。我说:"人的生命有限,而书的数量无限,不能用有限的生命去读无限的书,应当用有限的生命去选读有限的好书。"我决不反对博览群书，但是，书实在是太多太多了！在国内，我看过北京图书馆、上海图书馆这类藏书丰富的大图书馆；在国外，我也参观过一些规模宏大的国家级图书馆。书多得真是无边无际。如果漫无边际地去读，活到一百岁，也读不完书海的一角。

我历来奉行自己的读书座右铭，有些书是基础书，对立身做人，对工作，对增强文化修养，对充实自己、贡献社会都是重要的，那就必读；有的新书，我只翻一翻，大致知道些信息和概况，就不去费太多时间；有的平庸的书，甚至属于"文化垃圾"的当然无须理会；有些专门著作，与我关系不大，我读不懂，属于放弃之列；有的书很好，但一时用不上，我又无时间研究，就只能搁一搁再说……从实际出发，作各种不同的处理。因此，"用有限的生命去选读有限的好书"大有讲究。拿我来说，我是搞文学创作和编辑工作的，编辑工作除编辑学外需要知识广博，文学创作需要我对文学有广泛而专门的钻研。面对的知识领域如此广阔，专业门类这么多，新的理论、学术信息和作品层出不穷，首先是从需要和志趣出发，这就是我选书的前提。

书必须读，但不必做书呆子。我从事小说创作，小说太多，我只能精选了看而不是拈来就读。现在"炒作之风"很盛,有些"炒"得大热的作品未必就好,不能上当。

萧伯纳说过:"好书读得越多,越让人感到无知。"这是说书读多了人会变得谦虚而不自满。苏格拉底的伟大在于他知道自己的渺小,所以他称自己为无知,可这个世界上有多少无知者还在信誓旦旦地说自己比任何人都知道得多。马克·吐温则说:"有能力而不愿读书的人和文盲一样。"这是勉励有能力读书的人不要不读书。时间只要挤,其实总是有的。

总的来说,我原来的知识储备都来源于我阅读的中外文学作品,以及我自己的人生经历,这些在我的作品中体现了一些。我写得不好,我写得不多!虽然我一百岁了,但我希望再学习,作为我自己人生修养的一部分,我将学习视为我这一生最宝贵的财富。

读书之外,更需读人、读世界。

后　记

崔　耕

2025年2月15日上午，阳光冲破连日的阴云，透过窗户照在书桌上。蒋蓝坐在书桌前，用键盘敲下《与火对望》的最后一行字。就这样，这本王火与蒋蓝的文学对话录完成了。

这本书的社会意义，不用多说都能意会。一位有着资深记者从业背景的著名作家，亲历中国百年现当代历程的百岁老人，以长篇巨著获得第四届茅盾文学奖、对后辈多有扶持的文坛巨匠，留给世人的财富，岂是一本书就能承载的！而我们，只能将他壮阔的一生稍加展示，为了那些不能忘却的纪念。

这本书对于我的意义，在于我更深刻地了解了这位伟大的文坛前辈。我来到四川省作家协会工作的时间很短，考虑到王老高龄，不敢贸然拜访，时至今日，我都未曾跟王老谋面。离他最近的一次，是2022年盛夏时节，四川省作家协会为王老举行了"王火文学创作八十周年学术研讨会"——年近百岁的王老不能亲临现场，但特别录制了长达六分多钟的视频，对自己的文学事业进行了回顾。视频中，他神采奕奕："我就快一百岁了，想要讲的话很多……"王老感谢各位专家、学者来对他的作品进行研讨："最近，我常常回想过去很多事情，很感慨。年轻的时候，我就把'全心全意为人民服务'作为我的座右铭，我也始终践行。我认为，人一定要谦虚谨慎，戒骄戒躁，我一直在做，努力在做。""谦虚谨慎"这几个字，世人常挂嘴边，但真正能做到的却不多，而在世俗意义上早已功成名就的王老，直到现在，都还保持着谦虚谨慎的品格和一代文人的风骨，这是我在整理王老的文字资料时，留下的深刻印象。抛开各种社会身份，王老作为一个单纯的人，也多次展现出他的人格魅力和可贵的品质：为解救一个掉入深沟的小姑娘，年近六旬体格不算健壮的王老，不顾自身安危跳下深沟，成功将她托上去，而王老自己却因此头部受伤，导致后来左眼视网膜脱落，完全失明……我难以抑制地落泪了。

在写作这部书的过程中，蒋蓝不断向我谈起他跟王老的交往，以及一些让他难以忘记的细节：比如2013年，他第一次登门拜会王老，在得知写作翼王石达开的非虚构长文的蒋蓝，就是眼前之人时，王老即刻张开双臂，满怀热情地拥抱了他，这让蒋蓝感到振奋，不仅因为王老对其写作的肯定，也为遇见一位同样由新闻事业走向文学创作的前辈而感怀。

梳理一位如今已百岁有余的老人的文字，就像在整理他的一生。人是多么复杂的存在，他的出生，他的经历，他由此而来的性格和遭遇，收录在一本有限的书里，无论从哪个方面，跟他厚重的人生相比，都显得那么单薄——这也是我在接手本书的任务时，尤其苦恼的一个问题——我们该如何组织，才能将一位经历如此复杂的老人，尽可能地从书中复原，让读者在语言的缝隙间，窥见他真实人生的复杂肌理？

于是，这本书对我的另一重隐秘的意义就这样出现了。虽然与蒋蓝以及他的文字相识多年，但从未像现在这样对他的写作有如此直观的认知。他在写作本书的时候，展现出了强大的写作能力和组织材料、查考史实、甄别真伪的功夫。在王老纷繁复杂的生命经历中，他迅速摄取了那些关键的时间节点和涉及人生抉择的关键事件，这些节点和事件像一棵大树的主干，又分别生长出串联起王老生命历程的人和事。所有的写作素材，除去一些历时久远的事件需要通过查阅以及检索，最主要的都来源于蒋蓝对王老的四五次长时间访谈。访谈的原始稿十分口语化，也没有非常清晰的连贯逻辑，就像两个热爱文学的人的随意交谈。能将这些纷乱的交谈内容，汇集成一部对谈式的口述历史，需要的不仅仅是文学写作的能力，还需要具备经过多年训练形成的新闻敏感度与写作功力。除此之外，蒋蓝深厚的非虚构写作经验，也为这部书的完成提供了不可或缺的基础，写一个真实的人物，也就是呈现一段真实的历史。我在他写作本书的过程中，见识到了他对历史的文字处理功法，那是一种糅合了先天的直觉、对历史的热情和多年来用心投入新闻、文学、历史所呈现出来的综合效应。

  本书涉及的时间节点，基本以王凌、慕津锋编撰的《王火年谱简编》(《郭沫若学刊》，2014 年第 1 期；《传记文学》，2018 年第 6 期)为主要参考资料。

  需要说明的是，这部合著，我只做了一些收集资料、整理素材等边角活儿。蒋蓝坚持要将我的名字署上。他说，无论如何，你也是花费了精力和时间在这本书上的。

  希望这部书，能表达出文学后辈对王老的无限敬意，也希望在这个日月经天、江河行地的世界中，我们永远能用文字，记录下那些不该被遗忘的过往、理应被记住的人物。

2025 年 2 月 15 日于成都